현대귀환
마법사

The
Archmage
Returns

현대 귀환 마법사 7

인기영 장편 소설

초판 1쇄 찍은 날 § 2013년 3월 21일
초판 1쇄 펴낸 날 § 2013년 3월 28일

지은이 § 인기영
펴낸이 § 서경석

편집부장 § 권태완
편집책임 § 박우진

펴낸곳 § 도서출판 청어람
등록번호 § 제1081-1-89호
등록일자 § 1999. 5. 31
어람번호 § 제1-1570호

주소 § 경기도 부천시 원미구 심곡2동 163-2 서경B/D 3F (우) 420-822
전화 § 032-656-4452 팩스 § 032-656-4453
http://www.chungeoram.com
E-mail § chungeorambook@daum.net

ISBN 978-89-251-3226-6 04810
ISBN 978-89-251-3047-7 (세트)

FUSION FANTASTIC STORY

인기영 장편 소설

현대귀환
마법사

The
Archmage
Returns

[완결] 7

도서출판 청어람

The
Archmage
Returns

현대귀환
마법사

CONTENTS

Chapter 1 입소   7

Chapter 2 훈련소에서 맺은 인연   31

Chapter 3 공익 근무   61

Chapter 4 이즈멜 전기   83

Chapter 5 웹툰 연재   107

Chapter 6 또 하나의 로맨스   137

Chapter 7 계란으로 바위 치기   165

Chapter 8 터뜨리다   187

Chapter 9 복수의 끝   211

Chapter 10 겹경사   231

Chapter 11 또 한 번의 도약   249

Chapter 12 그레인의 목적   263

Chapter 13 종결   281

에필로그   303

the Archmage Return

제1장
입소

2020년 3월 21일.

대풍도사가 점지해 준 나와 슬의 결혼식 날이다.

오늘이 2019년 3월 중순이니 거의 일 년 후인 셈이다.

나와 슬이는 무사히 대학을 졸업했다.

오성이와 예슬이도 마찬가지다.

우리 학교 학위수여식은 다른 학교보다 조금 늦은 3월 1일이었다.

아무튼 고등학교도 무사히 나오고, 대학도 4년 내내 장학금을 받으며 졸업했다.

내가 벌인 사업들도 하나같이 승승장구하고 있으니 걸릴

것이 없었다.

그런데, 잊고 있었던 문제가 드디어 발목을 잡았다.

바로, 군입대 문제였다.

사실, 난 군대에 간다고 할 수 없다.

국가유공자 아버지를 둔 덕에 6개월 공익 근무로 대체된다.

'어차피 해치워야 할 일이라면 빨리 해버리는 게 낫겠지.'

가족들과 떨어져 있는 시간은 고작해야 훈련소에 있을 한 달이다.

공익요원으로 배정받는 훈련병들은 딱 4주만 훈련을 받고 나오기 때문이다. 일반 훈련병들은 훈련소에서 5주간 신병 교육을 받는다.

어찌 되었든 훈련소에서 나온 이후에는 내가 근무해야 할 근무지를 배정받고 집에서 출퇴근을 하는 식이다.

훈련소에서 한 달을 보내니, 딱 5개월만 그 생활을 이어 나가면 되는 것이다.

어려울 건 하나도 없었다.

단지, 내가 훈련소에 있는 동안 가족들에게 어떠한 문제가 터지지 않기만을 바랄 뿐이다.

입소 날은 4월 2일.

이제 보름 정도 남았다.

내가 없는 한 달 동안 이즈멜 그룹이 아무 문제 없이 돌아갈 수 있도록 시스템을 꾸려 놓기에는 충분한 시간이다.

사실 요식업과 인터넷 판매, 슬의 쇼핑몰, 오성이의 홈페이지 디자인 및 제작 업체, 대풍도사의 철학관, 택배 사업은 이제 나 없이도 충분히 굴러갈 수 있는 여건이 갖추어졌다.

하지만 신경이 쓰이는 건 엔터테인먼트 쪽이다.

엔터테인먼트는 그 어느 분야보다도 시장 동향과 유행에 민감해야 한다.

그쪽 전문가들도 대거 포섭해 앉혀 놓았지만, 아직 내 손에서 빚어진 지 얼마 되지 않은 직종이라 마음이 완전히 놓이지 않는다.

그래서 난 아이키 엔터테인먼트를 찾아갔다.

아이키 엔터테인먼트는 강남 한복판의 8층 빌딩 한 채를 사무실로 사용하고 있었다.

내가 입구에 들어서서 엘리베이터를 타고, 8층 사무실로 가는 동안 앞을 막아서는 이는 한 명도 없었다.

원래 임가영을 만나는 데는 그 절차가 대단히 까다롭다.

하지만 난 예외다.

임가영이 사무실에 있을 땐, 그냥 가서 만나면 그만이다.

내가 그녀를 만나지 못하는 경우는 사무실에 없을 때뿐이다.

그녀의 사무실 문 앞에 서서 노크를 했다.

"들어와요, 정우 씨."

이미 아래에서 연락을 받은 모양이다.

문을 여니 화려하게 꾸며진 넓은 사무실이 보였다.

"또 디자인이 바뀌었군요."

소파에 앉아 주변을 둘러보며 말했다.

그녀의 사무실 내부는 찾을 때마다 디자인이 바뀌어 있었다.

"제가 좀 쉽게 질리는 타입이라."

임가영이 웃으며 내 맞은편에 앉았다.

그녀는 날 대할 땐 늘 상석에 앉는 법이 없었다.

"바쁘신 분이 여기까지 무슨 일로?"

"부탁할 게 있어서요."

그때, 노크 소리와 함께 문이 열렸다.

예쁘장하게 생긴 여인이 나와 임가영의 앞에 차 한 잔씩을 놓고 물러났다.

"무슨 부탁 하시려고?"

"제가 4월달에 훈련소에 들어갑니다. 내가 없는 한 달 동안 이즈멜 엔터테인먼트를 관리해 주셨으면 합니다."

"한 달? 현역이 아니라 공익으로 가?"

"네."

"어디 문제 있어?"

"아버지가 국가유공자 출신입니다."

"그렇구나. 하아~ 역시 부담스러운 부탁일 줄 알았어."

"부담스럽습니까?"

"아이키 엔터테인먼트에만 신경 쓰기도 바쁜데, 당연한 일 아니겠어? 게다가 이즈멜 엔터테인먼트는 요새 엄청나게 커 버렸잖아. 내 입장에서는 견제해야 하는 세력인데, 너무 쉽게 그런 걸 부탁하는 거 아닌가요?"

"해주겠단 말이죠?"

"…한 가지 조건이 있긴 한데."

"뭡니까."

"장만욱 씨 말야. 만남 좀 주선해 줘요."

임가영이 장만욱에게 관심이 있었다는 건 익히 알고 있었다.

그녀는 3년 전, 대기업들을 밟아버린 걸 축하하던 회식자리에서 대놓고 장만욱에게 호감을 표했다.

한데 아직 이렇다 할 진전이 없는 모양이다.

지금 임가영이 하는 말을 들어보면 그녀는 적극적인데 장만욱이 피하는 듯하다.

"대기업도 무너뜨리는 강철의 여인이 정작 남자 한 명을 어쩌지 못하는 군요."

"여태껏 내가 사랑 같은 걸 해본 적이 있어야지."

"장 형사님을 사랑합니까?"

"모르겠어. 사랑인지 뭔지. 그냥 그 사람이 계속 보고 싶으니까 만나려고 애쓰는데, 그쪽에서는 밀어내기만 하는 거야. 벌써 몇 년째 이러고 있는 건지."

"재미있군요."

"정우 씨는 재미있죠? 나는 답답해 죽겠어."

"만나게 해드리죠."

"정말?"

"제가 허언하는 거 봤습니까?"

"못 봤지."

"만나고 싶은 시간이랑 장소 정하세요."

"정우 씨 춘천 살지? 서면 방동리 쪽에 내 사옥이 하나 있어. 자세한 주소는 나중에 알려줄 테니까 이틀 뒤, 저녁에 거기서 보는 걸로 해요. 장만욱 씨는 차 끌고 오지 못하게 하고. 정우 씨 차로 데려와 줘."

방동리면 버스도 거의 다니지 않는 시골이다.

그런데 저녁에, 자가용도 가져오지 못하게 하려는 걸 보면, 그날 도망가지 못하게 해놓고서 끝장을 보려는 모양이다.

"그렇게 하죠."

"딜. 정우 씨가 약속 지키면 한 달 동안 이즈멜 엔터테인먼트는 아무 이상 없이 잘 돌아갈 거예요."

"믿겠습니다."

*　　　*　　　*

이틀 뒤.

오후 다섯 시경, 난 다짜고짜 장만욱에게 전화했다.

—여~! 정우, 뭔 일이냐?

"어딥니까?"

—그냥 잠복근무 핑계 대고서 농땡이 피는 중이다.

"농땡이 필 거면 제대로 피시죠?"

—뭐?

"어딥니까?"

—조각 공원 근처.

"거기로 가겠습니다."

—아, 무슨 일인데? 갑자기 무섭게 왜 이래, 인마.

"저랑 갈 데가 있습니다."

—그러니까 내가 너랑 어디를 왜 가야 하는지 말해봐. 기탄
없이.

"가보면 압니다."

—진짜 더럽게 말 안 통하네.

"조각공원 입구에서 기다리세요."

—거절하면?

"좋을 대로 하시죠."

—…어휴. 알았다.

난 차를 몰고 조각공원으로 향했다.

　공원 입구에 도착하니 장만욱은 한겨울에나 입을 법한 오
리털 파카를 걸치고서 내게 손을 흔들었다.

조수석 창문을 열고서 타라고 손짓했다.

"자식이, 어거지로 납치하러 왔으면, 예의범절이라도 지키
지……."

장만욱이 툴툴거리며 조수석에 올라탔다.

"어딜 가자고?"

"안전벨트 매세요."

"맸다! 됐냐? 어디 가는데!"

더 이상 못 참겠는지 장만욱이 버럭 소리쳤다.

난 대답 대신 엑셀을 밟았다.

부우우우우웅!

차가 급하게 출발했고, 장만욱의 상체가 좌석 등받이에 확
붙었다.

"으악! 인마!"

"방동리 갑니다."

"방동리? 서면? 거긴 왜?"

"장형사님 보고 싶어하는 사람이 있어서요."

"날 누가 보고 싶어해?"

"가보면 알게 될 테니까 조용히 계세요. 제 말 들어서 안
좋았던 적 있어요?"

"…없지."

"이번에도 그럴 겁니다."

"쩝, 알았다."

장만욱은 이후로 구시렁대지 않았다.

＊　　　＊　　　＊

이십 분 정도가 걸려, 임가영의 사옥에 도착했다.

사옥은 그야말로 자연 속에 둘러싸여 있었다.

주변 어디를 둘러봐도 산, 산, 산이었다.

지나가는 사람도, 허름한 집 한 채도 존재치 않았다. 고풍
스럽고 거대한 이층 저택 한 채만 떡하니 세워져 있을 뿐이었
다.

차에서 내린 장만욱은 영 편치 못한 얼굴이었다.

"이거 뭐야?"

그때, 저택의 문이 열리며 임가영이 모습을 드러냈다.

그녀는 평소와 달리 소박하고 수수한 캐주얼복 차림이었
다.

그 생소한 모습에 놀랐는지 장만욱은 내게 화를 낼 타이밍
도 놓치고서 멍해졌다.

"왔네, 만욱 씨."

"아, 아니, 지금 이게 무슨⋯⋯."

난 어쩔 줄 몰라하는 장만욱의 어깨를 툭툭 쳤다.

"장 형사님. 이제 장 형사님도 괜찮은 사람 만나서 결혼해
야죠."

"야, 야! 이건 아니잖아!"

"만욱 씨. 내가 그렇게 싫어? 누가 당신 잡아먹어? 왜 이렇게 튕겨? 나 임가영이야. 아이키 대표 임가영! 쥐뿔도 없는 형사 주제에 손 내밀면 잡진 못할망정 내치진 말아야지!"

"뭐? 쥐뿔도 없는 형사? 거, 뚫린 입이라고 말 막 하는 거 아니요!"

장만욱이 성난 걸음으로 임가영에게 다가갔다.

기세만 보면 당장에라도 한 대 칠 것 같았다. 그러나 난 말리지 않았다.

이제부터는 두 사람이서 알아서 할 문제다.

"내가 틀린 말 했어? 생긴 게 잘났어, 돈이 많아? 아니면 교양이 있어? 머리엔 든 것도 없고 그나마 내세울 게 주먹질뿐이잖아?"

"입 다물라니까!"

"못 다물겠다면 어쩔 건데!"

임가영이 두 눈을 똑바로 뜨고서 따박따박 쏘아붙였다.

어느새 장만욱은 임가영의 코앞까지 다다랐다.

"어쩔 거냐고!"

역시나 철의 여인이다.

인상 더러운 걸로 따지면 국가대표급인 장만욱이다. 그런 장만욱이 안면을 바짝 들이대는데도 임가영은 눈썹하나 까딱하지 않았다.

장만욱은 그 모습에 더 화가 난 모양이다.

"에이, 쌍!"

입 밖으로 험한 욕을 내뱉는가 싶더니, 갑자기 그녀의 멱을 틀어쥐고 안으로 당겼다.

다음 순간.

어떤 상황에서도 동요하지 않고 마이 페이스를 유지할 것만 같던 임가영의 눈이 휘둥그레졌다.

반면, 장만욱의 눈은 질끈 감겨 있었다.

이어 두 사람의 코가 맞닿았고 입술이 포개졌다.

임가영은 장만욱의 뺨을 후려칠 듯 손을 들어 올렸다. 하지만, 이내 그 손은 장만욱의 허리를 감쌌다.

그녀의 눈도 스르르 감겼다.

장만욱의 거친 키스가 오래도록 이어졌다.

이미 나라는 존재는 두 사람의 뇌리에서 사라져 버린 모양이다.

한참 후, 입술을 뗀 장만욱이 이글거리는 눈동자로 임가영을 바라보았다. 임가영도 그 시선을 피하지 않았다.

"진짜 끈질긴 여자야."

"남 말 하네."

"자신있어? 당신이 말한 대로 나, 보잘것없어. 가진 것도 없고 잘난 것도 없어."

"당신 하나 먹여 살리는 거, 일도 아니야."

"끝까지⋯⋯."

장만욱은 말을 제대로 끝맺지 못했다.

지금의 상황으로 짐작해 보건데, 장만욱도 임가영에게 이미 마음이 있었던 모양이다.

하지만 자신의 입장이 너무 초라해 그녀의 구애를 일부러 피해왔겠지.

그러나 이제 장만욱의 자제력이 무너졌다.

"내가 책임질게. 아무것도 걱정하지 마."

보통은 남자의 입에서 나와야 할 이야기를 임가영이 했다.

장만욱은 멋쩍은 표정으로 귀를 후볐다.

"됐어. 내 인생 내가 알아서 해."

"그러시든가."

난 그쯤에서 발을 뺐다.

조용히 차에 올라타 시동을 걸고 사옥을 빠져나갔다.

오늘 장만욱과 임가영은 뜨거운 밤을 보낼 것이 분명하다.

어떤 의미로든 말이다.

*　　*　　*

"미치겠네."

작은 카페 안에서 나와 마주 앉은 오성이가 머리카락을 쥐어뜯었다.

"그만 좀 해. 가뜩이나 너 탈모 증상 있는데, 대머리 될라."

오성이의 옆에 앉아 있던 예슬이가 톡 쏘아붙였다.

"넌 내가 지금 군대 가는데 탈모가 중요해!"

"그럼 안 중요해! 너 대머리 될 거야!"

"아, 아니 그건 아니지만……."

오성이는 그리 말해놓고서도 다시 머리를 쥐어뜯었다.

그러자 이번엔 내 옆자리에 있던 슬이가 만류했다.

"오성아. 예슬이 말 좀 들어. 너 정말 머리숱이 너무 없어."

"그, 그래? 알았어."

오성이는 당장 머리카락을 가학하던 두 손을 다소곳이 테이블 위에 내려놓았다.

"정오성! 너 자꾸 그럴래?"

"뭘 또?"

"내가 말한 땐 들은 척도 않더니!"

"아우, 알았어. 그만 좀 뭐라 그래."

황금 같은 휴일.

슬과 데이트를 즐기던 와중, 오성이에게 연락이 왔다.

녀석은 오늘 나와 만나서 꼭 나누어야 할 이야기가 있다고 했다. 한데 카페에서 얼굴을 보자마자 한숨만 푹푹 쉬며 시종일간 부정적인 말들만 해대는 중이다.

"오성아."

"응."

"뭐가 문제야? 군대 때문에 그래?"

"하아… 너처럼 공익 6개월로 다 끝나는 애들은 현역의 심정을 몰라."

"군대 갔다오는 게 너한테 어떤 문제를 주는데?"

"나, 이즈멜 그룹에서 파이브스타 디자인 대표이사로 잘해나가고 있었잖아. 그런데 이제 군대 가면 그 자리… 다른 놈이 차지할 거 아니야?"

"아니야."

"그래! 그래서 내가… 어? 뭐라고?"

"아니라고."

"아니야?"

"그래."

"어떻게 장담해?"

"내가 이즈멜 그룹 대표야. 그런 일 없도록 할 테니 걱정마."

"그렇다고 해도, 이제 이즈멜 그룹은 너 혼자 이끌어갈 수 있는 게 아니잖아."

"그건 거대한 기업이 돌아가기 위한 합리적 정책일 뿐, 결국 이즈멜 그룹에서 가장 큰 영향력과 결정권을 가지고 있는 건 나야."

"…좋겠다. 자신만만해서."

"내가 늙어 죽을 때까지 그건 변하지 않아."

허언이 아니다.

정말로 난 그럴 자신이 있다.

주변의 사람들이 마음속 깊은 곳에서부터 날 존경하도록 만드는 일은 그다지 어렵지 않았다.

환생과 회귀를 거치며 오랜 세월을 살아온 것과, 그 세월 속에서 겪었던 결코 평범치 않은 숱한 사건들이 내게 그러한 역량을 길러주었다.

"음… 그래. 알았어. 그건 믿을게."

믿는다고 하면서도 오성이의 표정은 밝지 않았다.

아무래도 녀석이 정말 걱정하는 건 다른 문제인 것 같았다.

"또 뭔데?"

"…그거면 됐어."

"거짓말하지 마. 나한테 안 통해. 지금 다 얘기해."

"그게……"

오성이 우물쭈물거리자 예슬이가 눈을 가늘게 떴다.

"야. 정오성! 너 설마……."

"설마 뭐?"

"내가 바람필까 봐 그러는 거야?"

"……."

정곡을 찔렸는지 오성이는 예슬이의 눈을 바라보지 못했다.

"뭐야? 진짜 그런 거야?"

"어휴, 그럼 어떻게 걱정을 안 하냐? 남자가 군대 가면 여자들 대부분이 바람나던데."

"너 진짜 날 싸구려로 만드는구나?"

"싸구려로 만드는 게 아니고……."

"대체 넌 날 뭘로 보는 거야? 넌 나에 대한 믿음이 그 정도로 없니?"

"믿고 안 믿고의 문제가 아니잖아! 현실적인 걸 말하는 거야, 나는!"

"그게 믿고 안 믿고의 문제야. 그만큼 현실적인 문제가 어디 있는데?"

"아무튼 불안하단 말이야."

"그럼 답이 없네. 계속 불안해해. 내가 어떻게 행동하든 넌 불안해할 거잖아."

"아, 답 안 나와."

"답 안 나오는 건 너거든?"

내가 보기엔 둘 다 답이 안 나온다.

오성이는 너무 불안해하고, 예슬이는 오성이의 마음을 조금도 달래줄 줄 모른다.

하지만 난 나서지 않았다.

이런 상황을 정리하는 건 나보다 슬이가 더 일가견이 있다.

"너희들."

오성이와 예슬이의 시선이 슬에게 향했다.

이어, 슬의 입에서 누구도 예상 못했던 말이 나왔다.

"그냥 여기서 헤어지는 건 어때?"

"……!"

"야. 너 무슨 말을 그렇게 해?"

오성이는 쇼크 먹어 아무 말도 못했고, 예슬이는 눈에 쌍심지를 켰다.

하지만 슬이는 시종일관 침착했다.

"생각해 봐. 남자는 여자를 못 믿어. 그리고 여자는 남자에게 믿음을 주는 법을 몰라. 너희 둘 다 서로의 입장을 헤아려 볼 생각은 않고 계속 자기 입장만 주장하면서 싸우고 있잖아. 그렇게 되면, 결국 결과는 뻔하지 않겠어? 오성이가 훈련소에 입대하는 순간, 이미 금이 갈 대로 가버린 두 사람 사이는 깨질 게 뻔하잖아."

슬의 당연하고 논리정연한 말에, 두 사람은 아무 말도 하지 못했다.

대부분의 사람은 저런 말을 당사자들 앞에서 내뱉지 못한다.

그러나 슬은 아무렇지 않게, 너무나 당연한 듯이 말을 해버렸다.

"둘 다 그러길 원해?"

슬은 두 사람에게 깊이 생각할 시간을 주지 않았다.

그녀가 딱히 무언가를 노리고서 두 사람을 몰아붙이는 건 아니었다. 한데, 사실 지금 같은 상황에서는 슬처럼 해야 하는 게 맞다.

슬은 오성이와 예슬이에게 극단적인 상황을 제시했다.

이에, 둘은 당황했고 머릿속엔 이미 둘이 헤어지기는 싫다, 라는 생각만이 가득할 것이다.

사랑하는 연인에게 이별만큼 커다란 시련은 없다.

때문에 두 사람의 감성은 대단히 격해졌을 것이다. 감성이 격해지면 이성이 흐려진다.

현실이고 뭐고, 그런 것보다는 오로지 서로의 마음만이 중요하지 않느냐? 라는 식의 전개가 이루어진다는 얘기다.

바로 지금처럼.

"헤어지기 싫어."

"나도. 절대 헤어지지 않을 거야."

오성이와 예슬이가 차례대로 말했다.

그제야 굳어 있던 슬의 얼굴에 미소가 맺혔다.

"응. 그래. 그러니까 헤어지지 마. 어떤 역경이 있어도 함께할 거라는 마음만 있으면, 잘해 나갈 수 있을 거야. 두 사람 다."

오성이, 예슬이도 그제야 미소 지으며 서로를 바라보았다.

슬이 시선을 내게 돌렸다.

그리고서 입을 천천히 뻐끔거렸다.

'나 잘했지?'

그녀는 그렇게 묻고 있었다.

난 웃으며 그녀의 머리를 쓰다듬어 주었다.

＊　　＊　　＊

그레인은 깊은 잠에 빠져 들었다.

적어도 겉보기에는 그랬다.

그는 자신의 넓은 방에 놓인 침대에 누워 편안한 얼굴로 눈을 감고 있었다.

숨 쉴 때마다 배가 미세하게 움직일 뿐, 그 외엔 약간의 미동도 없었다.

하지만 실상 그는 잠든 게 아니었다.

그레인의 의식은 저 깊은 심연 속에서 끊임없이 누군가를 부르고 있었다.

'나와 같은 인류들이여. 각성하라. 깨달아라.'

입 밖으로 꺼내지도 않은 채, 자의식 속에서만 되뇌는 말을 들을 수 있는 이가 과연 있을까?

'나와 같은 인류들이여. 각성하라. 깨달아라.'

있었다.

그의 의지를 전해들은 이들은 분명히 있었다.

아직까지 그것이 무언지 파악하지 못한 채였으나, 그레인의 의지는 점점 더 전 세계의 여러 사람에게 퍼져 나가고 있었다.

'나와 같은 인류들이여. 각성하라. 깨달아라.'

이것이 그레인이 가지고 있는 세 가지 능력 중 마지막 하나 '정신감응'이었다.

그레인의 의지는 사람들이 잠들어 있을 때 특히 침투하기 쉽다.

하지만 아무에게나 이 의지가 전달되는 건 아니었다.

초능력자로서 각성할 가능성을 가지고 있는 인류.

어스 뱅가드의 마스터 그레인의 의지는 그들에게만 전해 지고 있었다.

'나와 같은 인류들이여. 각성하라. 깨달아라!'

그가 무슨 목적으로 스스로의 능력을 모른 채 살아가는 인류를 각성시키려 하는지, 그 저의는 아직 아무도 알지 못했다.

오로지 그레인 본인만이 알고 있었다.

*   *   *

4월 2일.

내 입소 날이다.

난 논산 훈련소에 배정되었다.

부모님과 동생 지우, 그리고 슬이가 날 마중해 주었다.

사실, 한 달만 있다가 나갈 것이기에 이토록 유난을 떨 일
은 아니었다.

  조용히 갔다 조용히 돌아오려 했지만, 부모님은 한사코 그
래선 안 된다며 논산까지 동행하신 것이다.

  당연한 얘기지만 훈련소에 들어가야 하는 만큼 내 머리카
락은 거의 두피에 달라붙어 있다고 해도 과언이 아닐 정도로
짧았다.

  훈련소 입구 근처에 있는 갈비탕 집에서 가족과 함께 식사
를 마쳤다. 그리고 입구 안으로는 혼자 들어갔다.

  따라오겠다고 하는 가족들을 내가 억지로 물리쳤다.

  오히려 슬이 더 담담했다.

  그녀는 내게 잘 다녀오라는 말을 건네며 손을 흔들어주었
다.

The Archmage Returns

제2장
훈련소에서 맺은 인연

"기섭아! 4주간 즐거웠다!"

"그래, 기섭아! 네가 제일 착했어! 태준이, 넌 사람 좀 돼라! 성질 졸라 드러워."

"크흐흐흐흐!"

한 달간의 훈련소 생활을 마치고서 내가 입소했던 그 입구로 다시 나오는 길.

나와 함께 동고동락했던 녀석들이 훈련병과 공익요원의 경계선을 넘어버리는 순간, 조교들을 향해서 목청이 터져라 소리쳤다.

사실 하나같이 사회에서는 꼴통짓거리를 했던 놈들이지만

훈련소 안에서는 나름 얌전하게 지냈다.

물론 처음에는 아니었다.

공익이라는 것 자체가 인생에 하자있는 녀석들이 주로 모이는 곳이다.

개중에는 어쩔 수 없이 공익으로 배정받은 사람도 있지만, 스스로 제 인생 간수 잘못해 공익 훈련소에 들어오게 된 이들도 수두룩했다.

아무튼 그렇다 보니 원체 사나운 놈들이 많이 모여들었다.

그런 놈들이 좁은 울타리 안에서 얼굴 맞대고 사는데 조용할 리 만무했다.

거친 수컷들 특유의 기싸움이 툭하면 여기저기서 벌어졌다.

하지만 그런 기싸움도 일주일 만에 거의 정리되었다.

다른 분대는 어떤지 모르겠지만, 우리 분대는 확실히 그랬다.

내가 정리해 버렸으니까.

"담배부터 사야겠다. 씨팔."

훈련소에서 내 옆 관물대를 이용하던 상호가 부리나케 수퍼로 달려갔다.

그러더니 담배 한 보루를 떡하니 사서 나왔다.

"상호 형! 나 한 갑 줘!"

"나도!"

상호의 주변으로 강진이, 병수, 대한이, 원래가 우르르 몰려들었다.

"아, 꺼져! 병신들아!"

"닥치고 내놔. 거 새끼, 담배 한 갑에 얼마나 한다고?"

강진이가 상호의 담배 보루를 잡아 뜯었다.

상호는 그걸 안 뺏기려고 발악하다가 결국 빠아악! 소리와 함께 그 질긴 보루곽이 뜯어졌다.

"잭팟 터졌다!"

허공으로 치솟는 담뱃갑들을 보며 병수가 소리쳤다.

그와 동시에 대한이와 원래가 양손을 바람처럼 휘둘렀다.

순식간에 대한의 손에 세 갑, 원래의 손에 두 갑이 잡혔다.

병수는 바닥에 떨어진 담배갑 두 개를 집어 들었다.

그러자 영수도 얼른 두 갑을 챙겼다.

"아, 미친 새끼들이!"

결국 정작 담배 한 보루를 산 상호는 한 갑밖에 챙기지 못했다.

훈련소 입구 앞에서 갑자기 벌어진 소란에 퇴소하던 사람들의 시선이 동시에 몰렸다.

그러자 일행 중에서 가장 인상이 더러운 대한이가 사납게 눈을 부라리며 주변을 흘겼다.

"뭐 씨바, 구경났어?"

대한이는 인상만큼 성격도 더럽다.

다혈질의 표본이 무언지 보여주는 녀석이다.

대한이의 기세에 주변에 있던 사람들이 슬금슬금 흩어졌다.

"무슨 동물원 원숭이 구경하는 것도 아니고."

난 투덜대는 대한이에게 다가가 뒤통수를 후려쳤다.

빡!

"악!"

대한이가 당장 눈에 핏발을 세우고서 뒤를 돌아보았다.

그러다 나와 눈이 마주치자 바로 눈에 힘을 풀었다.

"아이… 사람 많은 데서 쪽팔리게 왜 때리고 그래요."

"담배 때문에 꼴값 떨다가 사람들한테 욕한 건 안 쪽팔리고?"

"그건……."

"내가 너 그따위로 행동하면 다시 안 본다 그랬지? 훈련소 나오자마자 사회에서 꼴통 짓 하던 기질 도로 나오는 거냐?"

"아니죠~ 그냥 해방감에 잠깐 그랬던 거죠."

"앞으로 그러지 마라."

"알았어요, 형. 살벌하니까 인상 펴요."

대한이는 겉모습만 보면 딱 건달이다.

실제로 건달 짓도 제법 했었다.

하지만 그 짓거리에 염증을 느끼고서 그만두고 훈련소에 들어왔다.

학력도 고등학교 중퇴에 검정고시로 겨우 졸업증만 취득한 상황이다.

공익에 배정받은 건 건달 짓 할 당시 왼쪽 어깨에 칼을 맞았는데, 그게 잘못돼서 장애 판정을 받았기 때문이다.

다행히 일상생활을 하는데 큰 지장은 없지만, 왼쪽 팔로는 절대 무거운 걸 들지 못한다.

그런데 내가 대한이를 오래 보려 하는 이유는 이 녀석이 그림 쪽으로 상당한 재능을 보였기 때문이다.

대한이는 그림을 취미로만 가끔씩 그려왔었다고 한다.

제대로 된 교육도 받아본 적이 없다.

그런데 어지간한 프로 만화가들 못지않은 실력을 지녔다.

한마디로 지우와 같은 천재다.

태어날 때부터 재능을 가지고 있었던 것이다.

하지만 정작 본인은 그 재능을 사용할 줄을 몰랐다.

그래서 내가 대한이의 앞날을 설계해 주고 싶었다.

이즈멜 그룹이라는 울타리 안에서 말이다.

"정우야. 대한이 그만 괴롭히고 술이나 한잔하자."

상호가 내 어깨를 툭 치며 말했다.

녀석과 나, 강진이는 올해 스물다섯 동갑내기다.

술이라는 말에 강진이가 담배 한 개비를 입에 물더니 피식 웃었다.

"나오자마자 술?"

"싫어?"

"좋지! 삼겹살에 소주 한 잔 걸치고 싶어서 죽는 줄 알았다니까."

"기름칠 하러 가자!"

그때 벌써 담배 한 개비를 태워 버린 병수와 원래가 불쑥 끼어들었다.

"형님들~ 저희는 가보려구요."

"어딜 가?"

"저랑 원래는 여자친구 있잖아요. 마음 급해 죽겠는데 여기서 칙칙하게 술이나 빨아야겠어요?"

"더러운 새끼들. 가라."

"술 적당히 드세요, 형님들."

"가보겠습니다."

"그래~ 연락하고!"

병수와 원래는 곧 애인 만날 생각에 들떴는지 싱글벙글한 얼굴로 걸음을 옮겼다.

"그럼 이제… 정우랑 나랑 강진이랑 대한이만 남았네?"

"아… 나만 동생이네."

"잘됐다. 동생 하나 있어야 형님들 수발들지."

"그냥 가면 안 돼요?"

"웃기고 있네. 넌 오늘 우리랑 끝까지 가는 거야. 알았지?"

"동생 조심히 다뤄주겠다고 약속하면."

"새꺄, 잡아먹냐. 가자. 저기 고깃집 있네."

"그럼 형님들이 사주시는 거죠?"

"우리가 돈이 어디 있어? 하나같이 백순데. 뿜빠이 해야지."

대한이가 질렸다는 듯 고개를 절레절레 저었다.

상호, 강진이는 둘 다 지금 하는 일이 없다.

하지만 상호는 곧 친형을 따라 영화사에서 일해볼 생각이라고 한다.

녀석은 언젠가 내게 아예 밑바닥부터 시작한다는 마음가짐으로 부딪혀서 기필코 제작부장 명함을 따낼 것이라며 호언장담했었다.

한편, 강진이는 평소 막역하게 지내는 친척 형이 게임회사 이사라고 했다.

예전부터 다른 건 몰라도 게임 쪽엔 관심이 많은 강진이었다.

어렸을 때부터 게임이란 게임은 접하지 못한 것이 없을 정도였다.

게다가 열일곱 살에 게임메이커 프로그램으로 롤플레잉 게임을 혼자서 만들어 엄청난 호응을 받았던 경험도 있었다.

한마디로 강진이의 진로는 확실했다.

그러나 질풍노도의 시기에 아버지 사업이 망하면서 집안이 박살 나고 빚쟁이들에게 도망 다니는 삶이 시작되었다.

그때부터 강진이는 비뚤어지기 시작했다.

그전까진 막연하게 게임 관련 일을 하게 되면 밥벌이는 하겠지, 하는 생각을 해왔으나 그마저도 접어버렸다.

이후 졸업을 몇 달 앞둔 고3 생활 막바지 무렵, 평소 어울리는 친구들과 술을 마시다 다른 취객들과 시비가 붙었다.

결국 작은 시비는 주먹다짐으로 이어졌는데, 상대편 취객 중 한 명이 강진이의 주먹에 맞아 식물인간이 되었다.

이미 강진이네 집은 합의금을 낼 돈도 없었고, 피해자 측도 합의를 원치 않았다.

어쩔 수 없이 강진이는 소년원에 들어갔고, 인생에 범죄의 기록을 남겼다.

그래서 녀석은 공익 생활을 하게 된 것이다.

대한이도, 강진이도 능력은 특출 난데 참 딱한 케이스다.

그나마 나은 건 상호였다.

상호는 무슨 문제나 사고를 쳐서 공익요원이 된 게 아니었다. 그렇다고 집안이 폭삭 망하지도 않았다.

원체 덩치가 있고 성격이 호탕해 불의를 참지 못하고 주먹을 제법 썼지만, 나쁜 짓을 많이 하고 다니진 않았다.

철이 없을 땐 애들을 조금 괴롭혔으나, 도를 지나치는 일은 없었다.

그런 상호가 공익요원이 된 이유는 다한증 때문이었다.

다한증은 땀을 많이 흘리는 증상이다.

상호는 수건으로 손을 깨끗이 닦아도 1, 2분 정도가 지나면 땀이 비 오듯 흘러내린다.

때문에 신체검사에서 4급 판정을 받고 공익요원으로 배치된 것이다.

아무튼 지금 내 곁에 남아 있는 이 네 명이, 훈련소 생활이 끝나고도 줄곧 연을 이어갈 사람들이다.

그런데.

"전 빼고 형님들이 알아서 계산하세요."

"그럼 넌 옆에서 시중만 들래?"

"강진이 형님! 너무한 거 아닙니까?"

"그래, 강진아, 너무했다. 한두 점은 먹여줘야지. 낄낄."

"상호 형님!"

이렇게 쩨쩨한 일을 가지고 투닥거리는 중이다.

"그만들 싸워."

내 말에 세 사람의 말다툼이 멎었다.

"고기 먹을 거면 제대로 먹자. 이런 데 말고 괜찮은 곳에서 살 테니까."

"네가 산다고? 그럼 환영이지."

상호의 입이 귀에 걸렸다.

난 손목시계를 살폈다.

"도착할 때가 됐는데."

"응? 뭐가 도착해?"

강진이가 내게 물었다.

마침 타이밍도 좋게 검은색 대형 세단 한 대가 내 옆에 와서 섰다. 그리고 운적석에서 반지린이 내렸다.

"야호~! 오래간만이야, 정우! 근데… 짧은 머리도 매력 있네? 하긴 원판이 잘났으니까."

반지린이 눈웃음치며 내게 다가와 팔짱을 꼈다.

그에 상호, 강진, 대한이가 넋 나간 얼굴로 지린과 날 번갈아봤다.

하나같이 지린에게 푹 빠져 버린 모양이다.

"저, 저기… 정우야. 그분이… 여자친구야?"

"아니."

"그, 그럼?"

"그냥 아는 애."

"아는 애……."

나와 대화를 나눈 건 상호였는데, 정작 아는 애라는 말에 충격을 받은 건 지린이었다.

"너, 이러기야? 너랑 나랑 얼마나 깊은 사이야? 다른 사람들이 공유하지 못할 비밀까지 있는 사이잖아! 그런데 그냥 아는 애라고?"

"공유하지 못할 비밀……."

"깊은 사이……."

"꿀꺽!"

지린의 한마디 한마디에 세 남정네가 격하게 반응했다.

그럴 만도 했다.

지린은 내 눈엔 안 차지만 객관적으로 놓고 보자면 대단한 미인에 몸매도 제법이다.

게다가 은근히 자기도 모르는 색기를 풍긴다.

훈련소에서 여자 구경 한 번 못해본 채 한 달을 썩었던 놈들이 그런 여인을 눈앞에 두니까 혼을 빼앗기는 건 당연한 일이었다.

난 얼빠져 있는 세 놈에게 물었다.

"다들 춘천 갈래?"

"춘천? 거긴 왜?"

"내가 춘천 산다."

"그래? 가만… 그러고 보니 우리, 정우에 대해서는 아는 게 하나도 없지 않냐?"

"진짜 그러네."

"저도 정우 형님이 남자라는 것 말고는 뭐 아는 게 없는 것 같아요."

"근데 이 자식은 우리 과거사까지 속속들이 알고 있잖아?"

"와, 갑자기 억울해. 기브 앤 테이크도 안 되는 이런 놈이랑 어쩌다가 친해졌지?"

헛소리를 찍찍 해대는 상호와 강진에게 난 재차 물었다.

"춘천, 갈 거야, 말 거야?"

그러자 세 남자가 지린을 바라보았다.

지린은 하필이면 오늘 같은 날, 탱크탑에 엉덩이가 거의 드러나 보이는 핫팬츠를 입고 와서 뭇 사내들의 가슴을 쉴 새 없이 방망이질하고 있었다.

상호가 은근한 목소리로 내게 물었다.

"저기… 저 여인분도 같이 가서?"

대답은 나 대신 지린이 했다.

"가야죠, 당연히."

지린은 말미에 살짝 윙크를 날렸다.

그러자 상호와 강진, 대한이는 더 생각할 것도 없다는 듯 후다닥 뒷좌석에 나란히 올라탔다.

난 지린에게 한심하다는 시선을 던졌다.

"뭐야, 그 눈빛은?"

"애들 놀리면 재밌어?"

"흥이다."

지린이 내게 혀를 살짝 내밀어 보이고서는 운전석에 올랐다.

내가 마지막으로 조수석에 탑승한 뒤, 차가 출발했다.

*   *   *

춘천으로 가는 길.

난 여전히 지린에게서 시선을 못 떼고 있는 세 남자에게 물었다.

"너희, 뭐 먹고 싶냐?"

"……."

"……."

"……."

이 녀석들이 아무도 대답을 안 한다.

난 놈들의 눈앞에다 손가락을 튕겼다.

딱딱!

그제야 세 놈은 날 바라봤다.

"뭐 먹고 싶냐고."

"어? 뭐… 아무거나."

"나도."

"저두요."

"돼지고기, 소고기, 오리고기, 일식, 설렁탕, 곱창. 그중에 하나 골라."

"당연히 소고기!"

"특등급 꽃등심으로!"

"저 혼자 팔 인분 먹는데 괜찮죠?"

"알았다."

난 이즈멜 그룹 본사에 전화를 걸었다.

그러자 스마트폰 너머에서 생기발랄한 여인의 목소리가

들려왔다.

—이즈멜 그룹 영업부 홍이나입니다! 무엇을 도와드릴까요?

"이나 씨, 나야."

—나요? 누구신데요?

"하정우."

—에이, 그러시면 안 되죠! 우리 대표님 지금 훈련소 계시거든요?

"오늘 나왔어. 자꾸 정신 못 차릴거야?"

—아……? 정말 대표님이세요? 증거!

머리 아프군.

홍이나는 늘 이런식이다.

매사에 진지함이라고는 눈을 씻고 찾아볼 수가 없다.

그럼에도 몇 년째 계속 이즈멜 그룹 영업팀에 발붙이고 있는 이유는 그녀의 머릿속에서 튀어 나오는 영업전략들만큼은 타의 추종을 불허하기 때문이다.

천재들은 괴짜 아니면 사차원이라더니 홍이나가 딱 그 짝이다.

"홍이나 씨, 오른쪽 엉덩이에 점 있지?"

—딩동! 대표님 맞네요?

"그래. 오늘 날 좀 보소 영업 쉬는 매장이 어디지?"

—대표님 댁에서 가장 가까운 곳이요. 사농동 먹자골목.

"거기 열쇠 받아놔. 내가 하루 빌릴 테니까."

—네~ 알겠어요!

전화를 끊고 나니 반지린이 날 째려보고 있었다.

"왜 그래?"

"누구? 홍이나? 너 그 여자 엉덩이에 점 있는 건 어떻게 알아? 나한테는 여자에 개미콧구멍 만큼도 관심 없는 목석처럼 행동하더니, 슬이랑 연애하고, 홍이나라는 여자 엉덩이도 까보고! 나 참."

"나 그 여자 엉덩이 까본 적 없는데?"

"그럼 어떻게 아는데!"

"본사 사람들이랑 회식하는 날, 진실게임을 했어. 홍이나가 걸렸고, 사람들이 그녀의 신체 비밀을 말하라고 했더니 실토하는 바람에 듣게 된 것뿐이야."

"정말이야?"

"믿든 말든 네 자유지."

"홍이다."

그때 뒤에서 강진이가 물어왔다.

"야, 정우야. 방금 날 좀 보소 매장을 네가 빌린다고 한 거야?"

"응."

"그게 돼?"

그에 지린이 대신 대답했다.

"안 될 게 뭐가 있어? 정우가 이즈멜 그룹 대푠데."

"이즈멜 그룹? 그게… 뭐, 뭐라구요!"

"이즈멜 그룹이면 엄청나게 무지막지하게 어마어마한 기업이잖아!"

"형님이 거기 대표라구요? 진짜루요? 구라 안 털구요?"

이번에도 대답은 지린의 입에서 나왔다.

"진짜 훈련소에서 아무 얘기도 못 들었던 모양이네? 맞아. 이즈멜 그룹 대표 하정우. 그 사람이 얘야."

"완전 충격이다."

"정우야. 너 우리랑 다른 세상에 사는 놈이었구나."

"형님. 갑자기 거리감 느껴지네요."

한순간에 날 다른 사람 대하듯 하는 세 녀석을 슥 훑어봤다.

그리고 나직이 말했다.

"이제부터 너희도 나랑 같은 세계에서 살게 될 거야."

*　　　*　　　*

지린의 차가 날 좀 보소 사농동점 주차장에 들어섰다.

파킹한 뒤, 우르르 차에서 내렸다.

가게의 셔터는 올려져 있었는데, 클로즈 팻말이 걸려 있고 안에서 문이 잠겨 있었다.

내가 가까이 다가서니 문이 열리며 그리웠던 얼굴이 날 반겼다.

슬이었다.

"어서 와, 정우야."

"어떻게 알았어?"

"이나 씨가 연락해 줬어. 근데, 퇴소 날 나한테 연락도 없이 동기 분들이랑 술자리부터 가지려 했던 거야?"

"아니. 도착해서 부르려고 했지."

상호가 내 옆구리를 툭툭 쳤다.

"야. 저 아름다우신 분은 혹시……."

"응. 내 애인."

"처음 뵙겠습니다. 윤슬이라고 해요."

"화아."

"다 가졌네. 다 가졌어."

"이젠 배가 아프다 못해서 화도 안 납니다."

"그만 툴툴대고 들어가자."

우리는 가게 안으로 들어와 문을 걸어 잠갔다.

이미 슬은 원형 테이블 두 개를 붙여 세팅을 해놓은 뒤였다.

내 양옆으로 슬과 지린이 앉았다.

다른 놈들은 알아서 자리에 끼어들었다.

슬과 지린이 날 사이에 두고 눈인사를 주고받았다.

두 사람은 이미 한 번 만난 적이 있었다.

내가 철학관도 운영한다는 걸 안 지린이 한 번은 자신의 사주팔자를 보고 싶다며 무작정 찾아온 적이 있었다.

그때가 언제냐면 대풍도사가 철학관에서 슬과 나의 결혼 일을 점지해 주던 날이었다.

지린은 그때 처음 슬을 만났고, 엄청 예뻐서 끼어들 틈이 없다고 혼잣말로 툴툴거렸다.

이후 두 사람은 만난 적이 없으니 아직 서먹할 만했다.

치이이익.

내가 손수 고기를 굽기 시작했다.

그러자 상호가 얼른 소주와 맥주를 따, 사람들의 취향에 따라 죽 잔을 채워주었다.

그러더니 자기 잔을 높이 들고서 짐짓 근엄하게 말했다.

"오늘 제가 아무래도 로또라도 맞은 것 같습니다. 정우 이 녀석이 설마 이렇게 대단한 놈일 거라고는 생각도 못했거든요. 아무튼 이 기회에 친구 덕 좀 톡톡히 봤으면 합니다. 그래도 괜찮지?"

난 피식 웃고서 고개를 끄덕였다.

"그럼 건배!"

"건배!"

짱!

잔과 잔이 부딪히며 맑은 소리를 냈다.

　시간이 흘러, 바닥에 빈 술병만 열댓 개가 넘어가고 있었
다.

　하지만 아직까지 거나하게 취한 사람은 아무도 없었다.

　다들 어느 정도 기분이 좋은 정도로 보였다.

　상호 일행은 처음엔 나와 슬의 연애사에 대해 물어보았고,
그다음엔 지린에게 관심을 돌렸다.

　이후엔 훈련소에서 있었던 일들을 하나둘 꺼내놓기 시작
했다.

　그 시작은 상호였다.

　"사실 처음에는 난리도 아니었거든요. 우리 분대."

　"그랬지. 우리 분대처럼 꼴통들만 모인 곳도 없었을 거
야."

　"그중에 형님들이 가장 꼴통이셨구요."

　"대한아. 돌았냐?"

　강진이가 눈을 부라렸다.

　하지만 대한이에게는 씨알도 먹히지 않았다.

　"아니면 말구요."

　대한이가 코웃음 치며 시선을 피했다.

　강진이도 좋은 분위기 망치기 싫었는지, 입맛만 다시고 말

았다.

상호가 다시 말을 이었다.

"일주일 동안 하루가 멀다 하고 싸우고, 그러다 걸려서 군장한 채로 연병장 돌고. 화장실 청소 하고. 말도 아니었죠."

상호의 말을 강진이가 받았다.

"꽁쳐 온 담배 피다가도 걸리고, 술 마시다 걸리고. 괜히 심사 뒤틀리면 또 아무한테나 시비 걸어서 싸우고."

"진짜 반 이상이 퇴소당할 뻔했지."

"특히나 대한이 이 새끼."

"전 또 왜요?"

"너한테 얻어터진 애들만 다섯은 넘는다."

"에이, 과장하지 마세요."

"과장은 무슨. 어쨌든 그런 무법지대이다 보니 소대장도 우릴 포기한 거지. 원래 매주마다 종이 한 장을 돌려요. 피엑스에서 훈련병이 살 수 있는 품목이 적힌 쪽지 같은 거거든요. 거기에 체크를 하면, 입소할 때 맡겨 놓았던 돈에서 그만큼을 까고 다음 날 피엑스에서 사온 걸 배분해 주는 거죠. 근데 소대장이 앞으로 우리 분대는 퇴소할 때까지 절대 피엑스 이용 못할 줄 알라고 소리치더라구요."

"나 진짜 소대장이랑 싸우고 나갈 뻔했잖아."

"강진아, 그게 할 소리냐?"

"지는."

"아무튼 그때 다들 분개하고 있었는데 여태껏 있는 듯 없는 듯 조용히 지내던 정우가 이렇게 말하더라고. 이번 주 종교행사 무조건 우리 분대는 일 명 낙오 없이 교회로 간다고."

"크큭. 그때 웃겼지."

"맞아. 사실 지금에 와서 얘긴데, 저는 그때 이 샌님 같아 보이는 형님이 갑자기 돌았나? 했다니까요."

상호 일행의 얘기를 슬과 지린은 눈까지 반짝이며 집중해서 듣고 있었다.

원래 청중이 이야기에 집중하면 화자는 더욱 신이 나는 법이다.

말을 하는 상호의 제스처가 갈수록 점점 더 커졌다.

"뭐, 누구도 정우 얘기를 들으려고 하지 않았지. 강진이는 정우한테 네가 뭔데 나대냐고 시비 걸었고."

"여기서부터는 나 쪽팔린 얘기니까 직접 말할게."

"그러던가."

상호가 이야기의 바통을 강진이에게 넘겼다.

"솔직히 말해서 나는 조금 세게 나가면 정우가 알아서 기어들어 올 줄 알았어. 그런데 눈을 똑바로 뜨고 날 바라보는 거야. 어라? 이것 봐라? 싶었지. 그래서 한 대 쥐어팰 생각으로 다가가는데, 이게 이상한 거야."

강진이는 자기도 모르는 새 두 여인에게 말을 놓고 있었다.

하지만 어느 누구도 그에 대해 뭐라고 하지 않았다.

나 역시 녀석의 말투를 꼬집지 않았다.

서로 그만큼 편해졌다는 뜻일 테니까.

"정우랑 가까워질수록 숨이 턱턱 막히는 거지. 이거 이상하다 이상하다 하면서도 남자가 가오가 있잖아? 코앞에 도달하는 순간 주먹을 날렸는데!"

"그런데?"

지린이 상체를 강진이 쪽으로 쭉 빼며 물었다.

강진이는 지린의 옆에 앉아 있었다. 갑자기 지린의 얼굴이 확 다가오자 강진이의 얼굴이 살짝 붉어졌다.

하지만 녀석은 티내지 않으려 노력하면서 말을 이어 나갔다.

"천둥이 치는 거야. 빡! 하고. 뭐지? 하면서 눈 떠 보니까, 의무실이더라고."

"크크큭. 그때 나도 진짜 놀랐다. 강진이 저 녀석도 주먹이 제법이라 훈련소에서 맞고 다니지 않았거든. 누굴 팼으면 팼지. 근데 정우 주먹질 한 번에 뻗어버린 거야."

이제는 상호도 말을 편하게 하기 시작했다.

모두의 사이에서 거리감이 빠르게 지워지고 있었다.

"어우, 저는 정우 형님이 주먹 날리는 거 보이지도 않았어요. 사실 정우 형님 세게 나올 때 덩치발 보고서 뭔가 한 방이 있겠구나 했거든요? 그래서 혹시라도 강진이 형님이 지면 내가 정우 형님 잡고서 분대 짱 먹으려고 했죠. 근데 이건 뭐… 엉겨붙을 레벨이 아니더라구요."

"그때 너뿐만 아니라 다 똑같은 생각했다. 아무튼 그러고 나니까 정우가 단 한 방에 기선을 제압해 버린 거야."

"정우 형님이 교회로 모이라고 다시 말하니까 다들 아무 소리 못 하더라구요."

"그래서? 주말에 종교 활동 모두 교회로 갔어?"

"응. 처음에는 이놈이 왜 교회로 모이라고 한 건가 싶었지. 그때가 훈련소에서 두 번째로 맞게 되는 일요일이었거든. 그런데 알고 보니 소대장이 교인이었던 거야."

"정우 형님은 교회에 가기 전에 장문의 편지를 작성하시더라구요. 제목이 우표 없는 편지였나?"

"그랬지. 그걸 목사님한테 주더라고. 그제야 정우가 뭘 생각하는지 알았지. 뭐 난 교인은 아니지만 첫째 주 일요일날 심심해서 교회 한번 가봤거든. 시작할 때 목사님이 훈련병의 편지 한 통을 읽고서 예배에 들어가더라고."

"아, 그래서!"

"응. 목사님이 예배 시작하기 전, 강당으로 불러내더니 편지를 읽은 거야. 한데 그 내용이 진짜 주옥같았어. 워낙 머리가 나빠서 일일이 기억하긴 힘들지만, 아무튼 감동의 도가니였지. 편지를 읽어 내려갈수록 여기저기서 훌쩍거리더니 나중에는 울지 않는 사람이 없는 거야."

"저도 그때 겁나 감동받았었어요."

"편지 낭독이 끝나고 정우가 일어나더니 차렷! 소대장님께 경례! 하더라? 그런데 갑자기 교회에 있던 모든 놈이 다 일어나서는 소대장님한테 경례를 붙치는 거야. 와, 진짜 장관이었어."

"소대장님은 경례 받고 내려가시고, 교회 안이 눈물바다가 됐다고. 여기저기서 대성통곡하는 바람에 한참 동안 예배를 드리지 못했다니까. 목사님도 마찬가지였고."

"결국에는 이보다 더 진실된 예배는 없다면서 목사님도 내려가셨잖아요."

"응. 그날, 정우 덕분에 초코파이도 두 개나 받았지. 크림빵에 우유도 얻었고."

"목사님이 감동받아서 사비 털었거든요."

"그 이후로 피엑스 이용 금지도 풀렸고. 소대장은 우리 소대에 과자랑 음료수 사서 이빠이 넣어주고."

"퇴소하는 날까지 사건사고도 없었지. 정우가 서열을 확실히 해버렸으니까."

"혜에~ 그런 일이 있었어?"

얘기를 다 듣고 난 슬이 날 지그시 바라보았다.

"응."

"멋있다, 우리 신랑."

슬이 내 손을 꼭 잡아주었다.

그에 세 남정네가 질투의 시선을 보냈다.

그 모습이 웃겼는지 지린이 쿡쿡대며 웃었다. 그러더니 자리에서 일어나 상호, 강진, 대한이의 뺨에다가 차례대로 입을 맞춰주었다.

쪽쪽쪽!

"헙!"

"지, 지린 씨!"

"누님! 갑자기 이러시면 감사합니다!"

지린은 세 남자의 반응을 충분히 즐기며 다시 자리에 앉았다.

"다들 귀엽네, 귀여워."

"지린 씨! 아니 지린 누나! 아니, 지린아!"

갑자기 흥분한 강진이가 폭주하기 시작했다.

지린은 그런 강진이를 어처구니없는 얼굴로 바라봤다.

"…내 이름 그렇게 연속으로 이어 부르지 마. 어감이 안 좋아서 별로란 말야."

"몰라, 그딴 거! 지린아! 난 네가 너무 좋아서 지리겠다! 나랑 사귀……!"

지린의 이마에 힘줄이 돋아났다.

그리고.

빽!

"컥!"

매서운 어퍼컷이 강진의 턱에 작렬했다.

콰당탕!

강진은 의자째로 넘어가 사지를 파들파들 떨었다.

"누가 내 이름 가지고 장난치래!"

"지, 지린아! 오해야! 그게 아니라 난 정말 네가 좋아서 지리겠……!"

"야!"

지린이 쓰러진 강진의 배를 깔고 앉았다.

그리고 한 손으로 멱을 틀어쥐더니 다른 손으로 뺨을 후려갈겼다.

짝짝짝짝짝!

"아악! 악! 악!"

그렇게 한참을 때린 후에야 지린은 다시 자리로 돌아와 앉았다.

강진은 좀비처럼 부들거리며 일어나 겨우 테이블에 합류했다.

강진의 두 뺨은 퉁퉁 부어 있었다.

지린이 그런 강진의 눈을 매섭게 쏘아봤다.

"다시 말해봐."

하지만 강진은 굴하지 않았다.

"에이, 씨팔! 내가 못할 것 같아? 반지린! 네가 너무 좋아 죽겠다고! 좋아서 지리겠다고! 나랑 연애하자고!"

짝!

여지없이 지린의 손이 강진의 뺨을 후려쳤다.

그리고는 강진의 얼굴을 두 손으로 감싸 쥐더니 자신의 가슴 쪽으로 끌어당겼다.

졸지에 지린의 풍만한 가슴에 얼굴을 묻게 된 강진.

녀석의 표정이 혼미해졌다.

따귀를 그렇게 얻어맞아도 멀쩡하더니 여인의 향기에는 취약한 모양이다.

"제법 용기있네? 마구잡이로 들이댈 줄도 알고."

"남자가 칼을 뽑았으면 무라도 썰어야지."

"…내가 무냐?"

"…아니."

"내가 처한 입장이 거지같아서 제대로 된 연애는 못해. 하지만 가끔 데이트는 괜찮아. 연락하고 지낼래? 생각 있으면 지금 번호 찍어."

지린이 자기 핸드폰을 꺼내 강진에게 주었다.

그에 강진은 물론이고 상호와 대한이까지 벙 찌고 말았다.

"번호 안 찍어?"

지린의 말에 퍼뜩 정신 차린 강진이가 얼른 자기 번호를 찍고 통화 버튼을 눌렀다.

그렇게 두 사람은 서로의 연락처를 교환했다.

상호와 대한이는 그런 강진이가 부러워 죽겠는지 풀이 팍
죽어버렸다.

"에이, 술이나 먹자."

"그래요."

the Archmage Returns

제3장
공익 근무

　저녁 무렵부터 시작된 술자리는 어느덧 자정을 훌쩍 넘겨
버렸다.

　슬과 지린은 이미 돌아가 버리고 훈련소 동기 넷만 남아 있
었다.

　"근데 진짜 놀랐다. 네가 이즈멜 그룹의 사장이면 이즈멜
엔터테인먼트도 직접 운영하고 있다는 얘기 아냐?"

　"응."

　"그럼… 아이돌 그룹 '이즈' 멤버들이랑도 자주 봤어?"

　"내가 캐스팅한 애들인데 당연한 거 아니야?"

　"야! 나, 나도 좀 같이 볼 수 없냐?"

"형님! 저두요!"

"난 레나가 좋더라."

"무슨 소리야? 이즈에서 가장 예쁜 애는 소라지."

남은 떡 줄 생각도 없는데 김칫국부터 마시고 있다.

"걔들 바빠."

"아… 그래. 바쁘긴 하겠지. 워낙에 인기가 많으니까."

"예전에 날아다니던 걸그룹 다 눌러 버린 게 이즈 아니냐. 바쁜 거 인정. 못 봐도 좋다. 앞으로 계속 내가 좋아할 수 있게 이미지 망치지 말아주라."

"네가 부탁 안 해도 그렇게 할 거야."

"후아, 부럽다. 넌 사회에 나오자마자 성공해서 순식간에 컸는데, 이제 우리는 어쩌냐."

상호가 돌연 넋두리를 해댔다.

"그러게. 이제 공익 끝나면 스물일곱인데."

"정우 넌, 6개월만 하면 끝이지?"

"응."

"뭐 이렇게 다 가진 놈이 있어?"

"형님, 진심 배 아픕니다."

"대한아."

"네?"

"넌 공익 하면서 틈틈이 그림 연습 계속해."

"왜요?"

"나랑 웹툰 하나 시작하자."

"웹툰이요?"

"그래. 스토리 기가 막히는 걸로 하나 줄 테니까 언제든 작업 들어갈 수 있도록 스탠바이해 둬."

"스토리는 누가 만들어주는데요?"

"내가."

"형님이요?"

"그래."

"저… 형님이 원체 이것저것 사업을 많이 하시는 건 알겠는데요, 이건 분야가 좀 달라요. 스토리라는 게 아무렇게나 쓴다고 뚝딱 나오는 건 아니거든요?"

"나 문예창작과 출신이다. 4년 내내 장학금 받고 다녔어."

"지, 진짜요?"

"그래."

"음… 그래도 안 돼요."

"뭐가 안 돼?"

"문예창작은 좀 고리타분한 글들 위주로 공부하잖아요. 일반 소설, 시, 아무튼 문학적인 그런 거요. 웹툰은 이야기가 재미있어야 돼요."

"충분히 쓸 수 있어."

"장담할 수 있어요?"

"믿어라."

내가 전생에 디프로티아 대륙에서 겪었던 일들만 글로 적어도 어마어마한 이야기가 될 것이다.

갈수록 판타스틱한 이야기들이 히트를 치는 지금의 분위기상 충분히 독자들에게 어필할 수 있다.

난 내 스토리로 대한이가 웹툰을 그리면 대박이 날 것이라고 장담한다.

대한이는 조금 고민하다가 고개를 끄덕였다.

"알았어요. 형님 말대로 할게요."

"잘 생각했어."

내가 대한이와의 앞일을 대충 정리하고 나니, 상호와 강진이가 갑자기 눈에 불을 켰다.

"야! 대한이만 챙기기야?"

"우리는!"

"너희는 공익 생활 충실하게 마치고서 보자."

"하아, 그래. 이놈의 공익을 끝내야 뭘 하든 말든 하지."

"이제 그만 일어들 나자. 많이 마셨다."

"뭘 많이 마셔. 더 마셔야지."

"더 마시고 싶으면 술을 사서 우리 집으로 가든가. 어차피 자고 가야 할 거 아니야?"

"그렇지."

난 지갑에서 카드 한 장을 꺼내 대한이에게 쥐어 주었다.

"근처에 편의점 있으니까 마실 만큼 술만 사. 안주는 집에 들어가서 주문하면 되니까. 너희도 대현이랑 같이 나가 있어."

"너는?"

"여기 금방 정리하고 따라나갈게."

"도와줄게. 같이 하자."

"나 혼자 하는 게 빨라. 어서 가."

"뭐… 그래. 편의점 어디 있다고?"

"가게 나가서 큰길 쪽으로 꺾은 다음 오른쪽으로 조금만 가면 있어."

"알았다. 대충 정리하고 와라."

상호 일행이 밖으로 나가자마자 난 물의 상급 정령을 불렀다.

"엔다이론."

내 부름에 엔다이론이 소환되었다.

엔다이론은 인어의 모습을 하고 있었다.

육신은 파란색의 반투명한 물질로 이루어졌다.

물론 엔다이론의 모습은 내 눈에만 보인다.

이어, 바람의 상급 정령도 불렀다.

"실라이론."

역시나 내 부름에 바로 모습을 드러내는 실라이론.

실라이론은 흡사 신화 속에 나오는 그리펀의 모습과 많이 닮았다.

실라이론과 엔다이론은 내 앞에 서서 명령을 기다렸다.

난 그들에게 간단히 말했다.

"가게 치워."

두 정령은 명령을 받자마자 부지런히 움직였다.

실라이론은 바람을 이용해 식기들을 부엌의 싱크대로 날랐다. 그럼 엔다이론이 그 식기들을 깨끗이 씻어냈다.

그사이 난 술병을 분리수거하고 주변 정리를 끝냈다.

정령들과 업무를 분담하니 가게 청소는 순식간이었다.

"이제 돌아가."

실라이론과 엔다이론이 홀연히 사라졌다.

내가 상급 정령과 계약을 맺은 건 벌써 2년 전의 일이었다.

하지만 여태껏 제대로 부려본 적이 없었다.

정령들을 부릴 만큼 큰 사건사고가 내 곁에서 일어나지 않았기 때문이다.

사실 이제는 날 위협할 만한 일이 거의 없다고 봐도 무방했다.

가장 큰 적 중 하나였던 네오 빅뱅은 내 수하가 되어 열심히 날 위해 일하고 있다.

지구를 반 멸망 상태까지 몰고 갈 만큼 거대한 존재로 대두되었던 칼비스는 알고 봤더니 내가 디프로티아 대륙에서 처치했던 발록이었다.

그 녀석 역시 지구에서 재회해 완전히 명줄을 끊어버렸다.

이종족들은 네오 빅뱅의 다스림 아래 그들의 영역을 지키며 얌전히 지내고 있었다.

더불어 가족들은 내게 사사했던 무적권의 호흡법을 꾸준히 해온 결과 이제 어지간한 사람들은 털끝 하나 건드릴 수 없을 만큼 뛰어난 육신을 갖게 되었다.

이러한 상황이다 보니 요즘엔 만사가 편안했다.

물론 그렇다고 내재된 적이 없다고는 하기 힘들었다.

어스 뱅가드.

그 집단의 진정한 존재의의를 알지 못하는 한, 난 그들을 끝까지 신뢰할 수 없다.

마스터 그레인.

그의 속내는 나로서도 깊이 파고들기가 힘들다.

무슨 생각을 하는지, 어떤 것들을 꾸미고 있는지 여전히 미궁 속이다.

때문에 항상 유의하면서 지켜봐야 할 계제다.

아울러 조만간 난 어스 뱅가드와의 계약을 해지할 생각이다.

내가 그들과 용병 계약을 맺을 때 최소 5년간은 해지할 수가 없다는 것이 조건이었다.

그런데 이제 5년이 다 지나갔다.

더 이상 어스 뱅가드에 묶여 있을 이유가 없었다.

예전에는 그들이 우리 가족을 지켜주는 것이 안전했으나

지금은 오히려 불안하다.

이젠 굳이 어스 뱅가드의 용병들이 아니더라도 네오 빅뱅의 사이보그들에게 가족의 보디가드를 맡기면 된다.

그들은 시간이 흐를수록 골드가 보강에 보강을 거듭해 왔고, 지금은 어스 뱅가드의 어지간한 용병들보다 훨씬 강해졌다.

게다가 사이보그들에겐 저마다 골렘이 한 기씩 주어진 상황이다.

골렘 역시 사이보그들처럼 많이 개선되고 업그레이드되었다.

나는 누구의 그늘 아래 있지도 않을 것이고, 앞으로도 그럴 일은 없을 것이다.

'잡생각이 길어졌군.'

계속 가지를 치며 뻗어 나가던 생각을 끊어버린 뒤 가게를 나섰다.

문단속을 하고 셔터를 내리고서 편의점으로 향했다.

편의점 앞에는 술을 한가득 산 상호 일행이 날 기다리고 있었다.

난 그들을 데리고 집으로 향했다.

*　　　*　　　*

"우와, 이게 집이야? 성이지."

"화장실이 우리 집 안방만 하네."

"형님! 저랑 사실래요?"

차례대로 상호, 강진, 대한이의 말이었다.

"여기 곧 신혼집 될 거다."

"아, 농담이죠. 뭘 또 그렇게 받아치십니까."

내가 딱 잘라 말하니 대한이가 머쓱해했다.

"술 먹을 거면, 바(Bar)로 가자."

"바? 집에 바가 있어?"

"응."

난 성큼성큼 바로 향했고, 세 사람은 바리바리 사들고 온 술 봉지를 들고서 내 뒤를 따라왔다.

바에 들어서서 테이블에 앉으니, 녀석들이 또 한 번 감탄했다.

"야! 그런데 집에 바가 있으면 술도 많을 거 아냐?"

"소주는 없어."

"양주가 있으면 소주를 안 먹지! 대한아! 그거 다 버려라!"

"어디다가요?"

"…이 자식이 진짜 버릴 기세네. 냉장고에 넣어놓고 와."

"네."

"정우야. 폭타주나 말아봐."

"양주는 뭘로 할래?"

"조니 워커 블루라벨 있냐?"

"있어."

"…있어?!"

"그래. 그거 줘?"

"역시 이즈멜 그룹 대표는 다르구나. 있으면 당연히 꺼내와야지!"

"내가 그 비싼 술을 공으로 얻어먹게 될 줄이야."

상호와 강진이는 우리 집에 들어오고 나서부터 완전히 만담 콤비가 되어 있었다.

그러거나 말거나 난 얼음통에 얼음을 담고, 조니 워커 블루라벨을 꺼내왔다.

잔을 세팅한 다음, 맥주도 몇 병 꺼냈다.

이후 양주와 맥주를 섞어 네 잔의 폭탄주를 만들어 나누어 주었다.

"건배!"

상호가 신나서 건배를 외쳤다.

강진이, 대호도 장단을 맞춰 컵을 부딪치더니 순식간에 한 잔을 꿀꺽 비워 버렸다.

"크아! 좋다!"

술맛을 제대로 알고 마시는 건지, 비싼 맛에 마시는 건지 모르겠다.

그렇게 시작된 술자리는 결국 아침까지 이어지고 말았다.

　　　　＊　　　＊　　　＊

　상호 일행은 객실에서 나란히 누워 잠들어 있었다.

　난 그들을 내버려 두고 회사에 출근했다.

　술기운은 큐어 드렁큰으로 말끔히 없앴고 마나와 오러를
전신으로 돌려 피로를 날렸다.

　이즈멜 그룹 본사에 들러 직원들의 조촐한 환영파티를 받
은 뒤, 저녁까지 모든 업무를 점검했다.

　다행히 내가 없는 동안에도 회사는 잘 돌아가고 있었다.

　밤 열한 시.

　직원들이 모두 퇴근하고 홀로 회사에 남아 워드 프로그램
을 켜놓고 타자를 두들겼다.

　하얀색 배경 속에 글자들이 빠르게 채워졌다.

　한 시간, 두 시간이 흐르고 세 시간이 지나도 내 손은 타자
위에서 멈출 줄을 몰랐다.

　결국 A4용지 52장을 채우고 나서야 난 문서의 내용을 저장
하고서 워드 프로그램을 껐다.

　이미 밤은 지나가고 아침이 오고 있었다.

　내가 밤새 작성한 문서는 다름 아닌 웹툰용 시나리오의 줄
거리였다.

　줄거리만 50장이 넘게 나왔으니 제대로 시나리오를 작성

해 연재하면 아마 100화 이상은 너끈히 갈 것이다.

웹툰의 제목은 이즈멜 전기.

난 문서 파일을 내 메일로 보낸 뒤, 회사에서 나왔다.

*　　　*　　　*

집으로 돌아오니 상호 일행은 아직 꿈나라였다.

부엌엔 라면을 끓여 먹은 흔적이 있었고, 거실 테이블 위에 술병들이 너저분히 널려 있었다.

내가 없는 하루 동안 집에 가지 않고 지들끼리 더 놀아버린 모양이다.

난 대한이를 툭 쳐서 깨웠다.

"으음."

눈을 비비며 몸을 일으킨 대한이가 꽉 잠긴 목소리로 말했다.

"형님, 오셨어요."

"왜 안 갔냐."

"인사를 드리고 가려 했는데, 안 오셔서요. 형님들도 작별 인사 없이 가는 건 예의가 아니라 하시고."

"그럼 남의 집 엉망으로 어질러 놓은 건 예의고?"

"제가 치운다는 게 술을 너무 마셔서……."

"농담이다."

"형님 번호 좀 알려주세요. 사실 어제 형님이 하도 안 오셔서 전화하려 했는데, 번호를 아무도 모르더라구요. 훈련소에서 나오자마자 춘천 와서 술 먹고 뻗는 바람에 번호도 교환 못했잖아요."

"안 그래도 그럴 참이었다."

나와 대한이는 서로의 번호를 스마트폰에다 입력했다.

"너 메일 주소 하나 적어서 문자로 보내봐."

"네."

띠링.

대한이에게 문자가 오자마자 열어서 메일 주소를 복사했다. 그리고 메일에 접속해 이즈멜 전기 문서 파일을 다운 받은 후, 대한이의 메일로 보내주었다.

"뭐 보내신 거예요?"

"네가 그리게 될 웹툰 줄거리."

"네? 전에 써두셨던 거예요?"

"아니. 어제 밤새 적었다. 읽어봐."

"알았어요."

대한이가 스마트폰으로 문서 파일을 열었다.

그러더니 놀라서 입을 쩍 벌렸다.

"헐… 52페이지? 이걸 하룻밤 새 적었다구요? 구라 아니구요?"

"내가 거짓말하는 거 봤냐?"

"못 봤죠."

"어서 읽어."

"네."

대한이는 천천히 줄거리를 읽어 나가기 시작했다.

* * *

"대박……."

줄거리를 모두 정독한 대한이의 입에서 튀어나온 첫 마디였다.

"어떠냐."

"완전 몰입해서 읽었어요. 진짜 재밌습니다, 형님! 이 스토리 정말 저 주실 거예요?"

"누가 준대? 스토리 작가는 나, 그림 작가는 너. 둘이 동업하는 거야."

"아~! 알겠습니다."

"언제부터 연재 시작할 수 있어?"

"글쎄요. 일단 다시 그림 연습 좀 하고, 예비 분량 뽑고 하려면… 빨라도 일년 은 걸릴 것 같은데."

"늦어. 여덟 달 안에 연재 시작해."

"공익 하면서 다른 수입 있으면 안 되잖아요?"

"그건 사전에 병무청에 얘기해서 조율하면 가능해."

"허락 안 해주면요?"

"허락해 준다."

"에이, 어떻게 장담해요?"

"나한테 방법이 있으니까 군소리 마."

대한이는 모르지만 난 세계적으로 영향력을 끼치는 어스뱅가드의 용병이다.

내 한마디면 허가가 떨어지는 건 순식간이다.

하지만 아마 그렇게 하지 않아도 지금 대한이의 집안 사정과 입장을 생각하면 충분히 허가가 떨어질 것이다.

대한이는 다른 수입이 없으면 집안 돌아가는 것 자체가 어려운 상황이니까.

한데 대한이가 이번엔 다른 이유를 들먹이며 엄살을 부린다.

"형님. 저 공익 생활도 해야 합니다. 그럴 시간이 없어요."

"근무 서고 남는 시간에 쓸데없이 술 처먹고 놀면서 시간 버리지 말고 그림 그려. 여자도 만나지 말고 잠도 줄여. 텔레비전도 어지간하면 보지 마. 넌 여덟 달 동안 그림 그리는 기계라고 생각해."

"그건 좀 너무하는 거 아닙니까?"

"싫으면 말든가. 그 정도의 각오도 없는 놈한테 내 스토리 그리게 할 생각 없어."

대한이는 심각하게 고민에 빠졌다.

그러다 결국 고개를 끄덕였다.

"알겠어요."

"좋아. 그럼 한 달 동안 펜대 잡고 계속 그려."

"네네."

"A4용지 천 장 채워라."

"네에~? 한 달 동안 어떻게 천 장을 채워요?"

"해보지도 않았으면서 왜 벌써부터 엄살이야?"

"백 장으로 하면 안 될까요?"

"천 장."

"아, 형님."

"나 두 번씩 말하는 거 안 좋아한다."

"…알았어요. 해볼게요."

나와 대한이가 대화를 하는 사이 잠들어 있던 나머지 녀석들도 눈을 떴다.

"음… 정우 왔냐."

"어흐, 속이야. 해장이 급하다."

"주인 없는 집에서 잘들 하는 짓이다. 일단 정신 차리고 일어나. 해장시켜 줄 테니까, 나가자."

"좋지!"

*　　　*　　　*

난 상호 일행을 데리고 이즈멜 그룹에서 운영하는 설렁탕 집, 구름 설농탕으로 향했다.

상호와 나는 꼬리곰탕을, 강진이와 대한이는 도가니탕을 주문했다.

"여기도 너희 회사에서 운영하는 곳이라고?"

상호가 주변을 가게 내부를 두리번거리며 물었다.

"응."

"나 여기서 한 번 먹어본 적 있어. 훈련소 오기 전에. 국물 끝내줬는데."

"저는 여기 단골이었어요. 전국 체인점인가 봐요?"

"응. 이즈멜 그룹에서 하는 요식업은 다 전국 체인이야."

"하여튼 대단하다, 진짜. 어떻게 네가 우리랑 동갑일 수가 있냐?"

"일단 맛있게 먹고 집으로 돌아가."

"근데 아까 대한이랑 무슨 얘기 했냐?"

"아, 정우 형님이 웹툰 줄거리 뽑아서 주셨어요."

"웹툰 줄거리?"

"네. 이거 완전 대박이에요. 연재하면 난리날 겁니다."

"그거야 뚜껑을 열어봐야 알지."

"전 자신있어요."

상호와 대한이가 말을 주거니 받거니 하는 사이 주문한 탕 네 그릇이 나왔다.

"야야, 밥 왔다. 그만 떠들고 먹자."

숙취로 힘들어하던 강진이가 반색하며 숟가락을 들었다.

이후로는 탕 먹는 소리만 들릴 뿐, 넷 사이에 오가는 말이 없었다.

*　　　*　　　*

식사를 마친 뒤, 난 세 사람을 춘천역까지 데려다주었다.

"신세 잘 지고 간다."

상호가 내 어깨를 가볍게 두드렸다.

"나도. 다음번에 우리 동네 한번 놀러와. 잘해줄게."

강진이 사람 좋게 웃으면서 말했다.

난 두 녀석에게 고개를 끄덕여 보였다.

"그래. 잘들 가라. 그리고 대한이."

"네, 형님."

"너 게으름 피면 바로 아웃이다."

"알겠어요. 가보겠습니다."

세 사람은 손을 흔들며 춘천역으로 들어섰다.

난 그들의 뒷모습이 완전히 사라진 이후에야 차에 올랐다.

*　　　*　　　*

사흘 뒤부터 난 춘천시청으로 출퇴근했다.

앞으로 내가 공익 생활을 할 근무지를 배정받기 전까진 이렇게 시청을 왔다 갔다 해야 한다.

며칠 동안 시청에서 하는 일도 없이 시간을 때웠다.

일자리를 배정받아야 하는 공익 요원들은 나까지 포함해서 총 열둘이었다.

아무 의미 없는 시간이 며칠 더 흐르고, 드디어 근무지가 정해졌다.

난 춘천시청에서 운영하는 스포츠센터로 가게 되었다.

그곳에서 해야 되는 일은 테니스장 관리였다.

일주일은 새벽 여섯 시까지 테니스장에 나가 문을 열고 오후 한 시에 퇴근을 한다.

그럼 다음 일주일은 두 시에 출근해서 오후 열 시에 문을 닫고 퇴근하는 식의 격주 시스템이었다.

테니스장에서 해야 하는 일은 별게 없었다.

그냥 회원들 관리하고 청소하고 그게 전부였다.

남는 자투리 시간도 많아서, 업무 중간 중간 개인적인 일을 하기에도 적절하다.

때문에 공익 생활은 그리 나쁘지 않았다.

딱 한 가지.

날 이유도 없이 잡아먹으려 드는 선배 공익 요원들을 빼면 말이다.

The Archmage Returns

제4장
이즈멜 전기

테니스장 관리를 시작한 지 3주가 흘렀다.

여전히 선배 공익 요원들은 날 못 잡아먹어 안달이다.

툭하면 시비를 걸고 같지도 않은 이유를 들먹여 욕설을 퍼붓는다.

하지만 그런다고 눈 깜짝할 내가 아니다.

난 절대 그들에게 저자세로 나가지 않았고, 그럴수록 괴롭힘의 강도는 점점 더해졌다.

오늘도 마찬가지였다.

로비 바닥을 대걸레로 닦고 있는데, 카운터에 앉아 하품이나 쩍쩍 해대고 있던 손병식이 날 불렀다.

"정우야."

손병식은 스포츠센터의 공익요원 중 최고참으로 나보다 두 살이 적었다.

내가 걸레질을 멈추고 녀석을 바라보니 검지를 세워 까딱거렸다.

자기 쪽으로 오라는 뜻이다.

"여기서도 잘 들리니까 그냥 말하시죠."

"뭐?"

손병식의 표정이 대번에 일그러졌다.

녀석은 키가 크고 덩치도 제법이었다.

게다가 자신이 주먹을 깨나 썼으며 다니는 학교마다 모두 짱을 먹었다는 둥의 얘기를 버릇처럼 해댔다.

그럴 때마다 다른 공익들은 손병식의 분위기를 맞춰주기 바빴다.

손병식이 최고참이라 떠받들어 주는 것도 있었지만, 녀석의 몸에서 풍기는 기세에 눌리는 면도 없지 않았다.

물론 난 그런 손병식의 기분을 절대 맞춰주지 않았다.

항상 스포츠센터에 오면 왕 대접을 받던 손병식이었기에 그런 내 반응이 눈에 걸렸던 건 당연지사.

놈은 늘 날 못 잡아먹어 안달이 나 있었다.

"이리 오라고."

"거기서 말하시죠."

"하, 이런 씨팔."

손병식이 주변을 슥 둘러봤다.

지금 로비엔 손병식과 나, 둘밖에 없었다.

테니스장 사무실을 담당하는 담당 주사 공무원도 외근을 나갔다.

게다가 지금은 회원들이 없는 시간이다.

회원들이 없으니 테니스 코치도 당연히 없었다.

완벽하게 우리 둘만 로비에 있게 된 것이다.

이를 확인한 손병식이 자리에서 일어나 내게 다가왔다.

"너 미쳤냐? 오라면 그냥 올 것이지, 뭐? 거기서 말해?"

손병식이 내 손에서 대걸레 자루를 빼앗았다.

"야, 화장실로 따라와."

난 순순히 손병식을 따라 화장실로 향했다.

손병식은 화장실 문을 닫고 문을 걸어 잠그더니 명령조로 말했다.

"엎드려."

하룻강아지 범 무서운 줄 모른다더니 아주 하는 짓이 가관이다.

놈은 발로 마대 자루의 모가지를 밟아 부러뜨렸다.

콰직!

마대 자루는 이제 긴 몽둥이가 되었다.

그것을 두 손으로 잡고 당장에라도 후려칠 듯 모션을 취하는 손병식.

"엎드리라고, 병신새끼야!"

어지간하면 공익 생활을 하는 도중에는 조용히 지내려고
했다.

그런데 꼭 이렇게 내 결심을 뒤흔드는 놈이 있게 마련이다.

난 손병식의 눈을 똑바로 쳐다봤다.

"너 지금 나 꼬나보냐?"

"병식아."

"뭐? 벼, 병식아?"

"너 몇 살이냐?"

"하! 이거 돌아이네. 공익 생활 하는 놈이 나이를 따져?"

"나보다 두 살 어리지?"

"근데 이 새끼가!"

"욕 그만해라. 눈 깔고. 경고하는데 지금 이 순간 이후부터
내 성질 건드리면 넌 죽는다."

"야! 하정우!"

결국 매를 버는군.

내 주먹이 순식간에 뻗어 나가 손병식의 안면을 가격했다.

퍽!

"컥!"

손병식이 뒤로 날아가 화장실 벽에 등을 처박고 고꾸라졌
다.

"아악!"

"일어나."

"씨팔… 너, 너 미쳤냐!"

"안 일어나?"

"네가 지금 무슨 짓을 하고 있는 건지 알아? 완전히 처돌았지!"

난 저벅저벅 다가가 손병식의 머리채를 잡고 들어 올렸다.

"아아악!"

녀석이 비명을 지르면서 몸을 일으켰다.

한데 갑자기 내 복부로 주먹을 날렸다. 난 그것을 피하지 않고 맞아주었다.

뻑!

솜방망이에 맞은 것 같다.

아무런 충격도 없었다.

손병식이 내 표정을 힐끔 살피더니 계속 주먹을 박아 넣었다.

퍼퍼퍼퍼퍼퍽!

간지럽지도 않았다.

한참 동안 주먹질을 하다 제풀에 지친 손병식이 거친 숨을 몰아쉬며 뒤로 물러났다.

"하아! 하아! 이 씨팔새끼야. 멀쩡한 척하지 마. 존나 허세 떨면 안 아프냐?"

"아무래도 넌 더 맞아야겠다. 그치?"

말로 해서는 절대 정신 못 차릴 놈이다.

그대로 주먹을 날려 명치를 때렸다.

퍽!

"끄억!"

손병식이 두 손으로 맞은 부위를 감싸면서 무릎을 꿇었다.

홉떠진 두 눈에 핏발이 섰다.

쩍 벌린 입에서는 침이 줄줄 흘렀다.

그런 손병식의 왼쪽 뺨을 세게 후려쳤다.

짝!

"악!"

고개가 오른쪽으로 격하게 꺾였다.

고개를 따라 몸도 꺾였다.

쿵!

손병식이 벽에 머리를 들이받았다.

"으으으!"

녀석의 머리가 깨졌는지 피가 줄줄 흘러내렸다.

난 놈의 턱을 발로 걸어찼다.

빽!

"큽……!"

벌리고 있던 입이 격하게 닫히며 녀석의 고개가 뒤로 젖혀
졌다.

그 순간 회수했던 발을 다시 날려 뺨을 후렸다.

빡!

"……!"

이제 손병식은 비명도 지르지 못했다.

놈의 입에서 피가 한 움큼 쏟아졌다.

정신을 놓으려 하는 손병식의 턱을 손으로 잡고 내 얼굴 가까이 끌어당겼다.

"너 이 생활 8개월 남았지? 난 이제 네 달만 있으면 나가. 아니, 마지막 달에는 연차, 월차 끌어당겨서 3주가량을 나오지 않을 테니까 실질적으로는 세 달 남은 거야. 너보다 내가 다섯 달이나 먼저 나간다는 말이야. 그럼 난 민간인이고 넌 공익이지? 너 공익 하는 동안 뻔질나게 찾아와서 진상 떨어 줘? 남은 기간 아주 좆돼볼래?"

"아, 아니요……."

손병식이 알아서 존대를 한다.

이미 내 기세에 완전히 눌려 꼬리를 만 것이다.

"하나 더. 지금 너, 밑에 애들 꽉 잡고 사는데 나한테 두들겨 맞았다는 소문 퍼지면 끝이야. 사내새끼들이 살 부딪히고 사는 공간에서는 쪽팔리는 순간 아웃이라고. 내 말뜻 알아먹겠냐?"

한마디로 오늘 일은 아가리 닥치고 있으라는 얘기다.

손병식은 특히나 남자다움으로 후임들에게 어필했던 적이

많았다. 그런데 이제 갓 들어온 막둥이 공익에게 맞았다는 소문이 돌아버리면 녀석은 고개 못 들고 다닌다.

"저, 절대 말 안 할게요."

"말귀는 잘 알아듣네. 앞으로 다른 애들이 나 귀찮게 하려들면 네가 중간에서 잘 커트해라. 알았냐?"

난 녀석의 뺨을 툭툭 친 다음, 턱을 놓아주었다.

"어디 계단에서 굴렀다고 말한 다음 바로 병원 가라. 빨리 치료받지 않으면 네 턱 완전히 망가진다."

그리 말하고서 손에 묻은 피를 씻은 후, 밖으로 나왔다.

잠시 후, 손병식도 대충 피를 닦고 나오더니 고개를 푹 숙인 채 로비를 나가 버렸다.

"이제 좀 조용히 지낼 수 있겠어."

*   *   *

손병식과의 사건이 있은 뒤 사흘이 지났다.

손병식은 밑에 애들에게 날 절대 건들지 말라고 단단히 엄포를 놓은 모양이다.

아무도 날 전처럼 귀찮게 하지 않았다.

괜히 시비를 걸지도 못했다.

이제 테니스장은 완전히 내 세상이었다.

오후 두 시.

오늘은 새벽부터 출근했으니 이제 퇴근시간이다.

테니스장에서 나온 뒤, 집으로 향하면서 대한이에게 전화를 걸었다.

—여보세요…….

한참 신호음이 울린 뒤, 스마트폰 너머로 다 죽어가는 목소리가 들려왔다.

"자다 일어났냐?"

—아니오.

"근데 목소리가 왜 그래?"

—거의 잠을 못자다시피 했으니까 그렇죠. 만성 피로예요. 만성 피로.

"그건 네 사정이고. 오늘 무슨 날인지 알지?"

—하아아. 다 그렸습니다. 천 장.

"그래?"

—네.

"내일 토요일이니까 근무 없지?"

—네.

"춘천으로 넘어와."

—형님이 오시면 안 됩니까?

"네가 와."

—흐아… 알겠어요.

"A4용지 천 장 그린 거 다 가져와라."

—형님… 그거 은근히 무겁거든요.

"힘도 좋은 게 왜 엄살이야?"

—저 지금 몰골 보면 완전히 환자예요. 집구석에 틀어박혀서 그림만 그렸더니 6킬로가 빠졌다구요.

"남들은 돈 들여가면서 다이어트하는데 공짜로 살 뺐으니 나한테 감사해야겠네."

—아, 제가 뺄 살이 어디 있습니까? 다 근육인데.

"근육도 너무 굵으면 미련해 보여. 적당히 슬림해야지."

—에이, 말이 안 통하네. 아무튼 알았습니다. 내일 점심때까지 갈게요.

"그래. 내일 보자."

*　　　*　　　*

다음 날.

춘천역에 도착한 대한이를 차로 픽업해서 우리 집으로 데려왔다.

녀석은 정말 A4용지 천 장을 그림으로 가득 채워 왔다.

눈밑엔 다크서클이 진하게 자리했다.

얼굴이 푸석하고 퀭한 것이 정말 게으름 피우지 않고 열심히 그림만 그린 모양이었다.

"고생했다, 대한아."

"고생했죠."

"이제 연재 준비하자."

"해도 돼요?"

"그래. 이 정도 그림체면 웹상에서 너 따라올 인간 거의 없어."

"저기 혹시……?"

"혹시 뭐?"

"그… 삼 년 전부터 한창 인기있는 일러스트레이터가 있는데요. 본명은 잘 모르겠고, '쥬' 라는 닉네임을 쓰는데… 혹시 아세요?"

"쥬? 알지."

"아, 그래요? 그 작가랑 비교하면 어때요? 제가 더 낫습니까?"

"아니. 넌 남은 평생을 그림에만 매진해도 쥬는 못 이겨."

"왜요?"

"쥬는 정말 타고났거든."

"저도 타고 났다면서요?"

"냉정하게 비교해 줄까? 네 재능이 별이라면 쥬의 재능은 태양이야."

"…너무한 거 아닙니까?"

"너무하지 않아. 사실을 말한 것뿐이니까. 쥬는 단순한 일러스트레이터가 아니야."

"알아요. 삼 년 전에 '몽중인'이라는 판타지 로맨스 웹툰을 연재해서 두각을 나타내는가 싶더니 웹툰 최초 회당 오백만이라는 조회수를 넘겨 버리고 전설이 됐죠. 딱 반 년, 짧은 기간 동안 연재를 마무리 짓더니 이후에는 게임 일러스트 쪽으로 나가서 현재 최고의 몸값을 받는 사람 아닙니까."

"잘 아네."

"어떻게 보면 제 유일한 우상이에요, 쥬는."

"쥬. 본명 하지우. 쥬라는 닉네임은 지우를 빠르게 발음한 것뿐이야."

"아, 그래요?"

"올해 나이 스물넷. 여자. 이번에 천광예술대학을 졸업했지. 사는 곳은 춘천."

"형님. 어떻게 그리 잘 알아요?"

"하지우. 내 친동생이니까."

"……네?"

대한이가 상당히 충격받은 얼굴로 되물었다.

"내 동생이라고."

"저, 정말이에요?!"

"그래."

"허어……."

녀석은 너무 놀란 나머지 한동안 말을 잇지 못했다.

"네 우상. 보고 싶냐?"

"당연히 보고 싶죠!"

대한이가 올해로 스물넷.

그러고 보니 지우랑 동갑내기다.

"그럼 오늘 자리 한번 마련하마."

"지, 진짜요?"

"그래. 일단 피곤해 보이니까 방에서 한숨 자라. 저녁때 깨워줄게."

"알겠습니다! 열정적으로 자겠습니다!"

대한이는 그리 말하더니 객실로 들어가 나오지 않았다.

난 지우에게 소개해 줄 사람이 있으니 저녁에 내 집으로 오라는 짤막한 문자를 보냈다.

＊　　　＊　　　＊

오후 다섯 시.

띵동.

벨이 울리면서 인터폰이 켜졌다.

액정 너머에선 지우가 밝게 웃으며 손을 흔들고 있었다.

그때, 객실 문이 열리며 대한이가 후다닥 뛰쳐나왔다.

"혀, 형님! 오신 겁니까? 오셨어요?"

대한이가 평소답지 않게 잔뜩 긴장해서 안절부절못했다.

난 녀석의 그런 모습을 처음 봤다.

항상 거만했고 남들을 깔봤던 녀석이 대한이다.

어디에서도 꿀리지 않는다는 듯, 무서울 게 없다는 듯 잔뜩 가오 잡고 껄렁대던 놈이 똥마려운 강아지마냥 촐랑대니 상당히 재밌었다.

"그래, 왔다."

"저, 저 머리 어때요? 괜찮습니까?"

"어차피 스포츠머리라 꾸밀 것도 없는데 괜찮고 말고가 어디 있어?"

말을 하며 인터폰의 버튼을 눌렀다.

문이 열리며 지우가 안으로 들어오는 게 보였다.

그럴수록 대한이는 점점 더 흥분해서 발을 동동 굴렀다.

"정신 사납다. 얌전히 좀 있어."

"어떻게 그럽니까? 쥬님이 오시는데!"

지금 이 말을 모르는 사람이 들으면 대한이가 절실한 기독교인인 줄 알 것이다.

잠시 후.

현관문이 열렸고, 지우가 들어왔다.

"오빠~ 나 왔어."

"그래."

"아, 저분이 소개해 주겠다던… 그……."

말을 하다 말고 지우의 얼굴이 굳었다.

우락부락한 대한이의 인상이 제법 충격이었던 모양이다.

대한이는 지우에게 구십 도로 허리를 꺾었다.

"아, 안녕하십니까, 쥬님! 처음 뵙겠습니다! 이대한이라고 합니다! 정우 형님이 정말 아끼는 동생입니다!"

"아, 네… 하, 하지우라고 해요."

"영광입니다, 쥬님!"

지우가 시선으로 내게 말했다.

'오빠, 저 사람 이상해.'

나는 고개를 끄덕이며 무언의 대답을 해주었다.

'돌아이야.'

*   *   *

거실 소파에 나, 지우, 대한이가 둘러앉아 있었다.

"쥬님을 이렇게 실제로 보게 될 줄은 꿈에도 몰랐습니다."

"저… 대한 씨. 쥬님이라고 하니까 좀……."

"불편하십니까? 그럼 어떻게 부를까요? 시키는 대로 하겠습니다!"

어째 이 녀석은 날 대할 때보다 내 동생을 대할 때 더 기합이 빡 들어가는 것 같다.

"그냥 지우라고 불러요."

"제, 제가 어떻게 쥬님 이름을 함부로……."

"괜찮으니까요. 저도 이름 부르고 있잖아요."

"아, 알겠습니다. 지우… 씨."

"그런데 제가 쥬라는 건… 오빠가 말해줬나요?"

"네, 그렇습니다. 실은 제가 지우 씨 팬이었습니다. 저도 그림을 그리거든요."

"어머, 그래요?"

대한이를 대하면서 처음으로 지우의 표정이 밝아졌다.

처음엔 그냥 무서운 사람인 줄 알았는데, 그림을 그린다고 하니 이미지 반전이 있었고, 관심사가 통하니 마음도 살짝 열린 것이다.

"네. 이제부터는 정우 형님이랑 합작으로 웹툰을 만들어서 연재할 생각입니다."

"우리 오빠랑… 합작을 한다구요?"

지우가 미심쩍게 날 바라봤다.

"정우 형님이 써주신 웹툰용 시나리오 줄거리가 있는데 끝내줘요."

"오빠가 줄거리를? 진짜야?"

"응."

"그런 재능도 있었어? 사업 쪽으로만 특화된 줄 알았더니."

"내가 너한테 자주했었던 디프로티아 대륙 이야기를 다룰 거야."

"아……."

그러자 지우는 이해한 듯 고개를 끄덕였다.

지우를 포함한 우리 가족은 내 비밀에 대해 모두 알고 있다.

내가 전생에 디프로티아 대륙에서 대마법사로 어마어마한 맹위를 떨쳤다는 사실 역시 말이다.

때문에 지우는 바로 수긍을 해버린 것이다.

"아, 평소에 지우 씨한테도 이즈멜 전기에 대해서 이야기했었나 봐요, 형님?"

아무것도 모르는 대한이는 내게 그리 물었다.

난 고개를 끄덕이는 것으로 대답을 대신했다.

"아무튼 반가워요, 대한 씨. 저랑 같은 쪽에서 일하시는 분이랑 알게 돼서 기뻐요."

"저야말로 정말 기쁩니다."

대한이가 어색하게 미소 지었다.

녀석의 얼굴은 지우를 만난 순간부터 지금까지 줄곧 붉게 상기되어 있었다.

생긴 건 산적 같은 놈이 순박하게 행동하니 지우는 그 모습이 웃겼던 모양이다.

"쿡쿡."

한 손으로 입을 가리고서는 어깨를 들썩이며 웃었다.

대한이는 그런 지우의 반응에 고개를 갸우뚱거렸다.

그리고 그런 두 사람을 한발 떨어져서 지켜보던 난… 묘하게 둘이 어울린다는 느낌을 받았다.

* * *

지우가 돌아가고 난 뒤, 대한이는 헤벌쭉한 얼굴로 천장만
바라봤다.

녀석은 지우와 함께했던 두 시간여의 시간 속에 푹 빠져서
헤어나오지 못하고 있었다.

"그렇게 좋냐."

"좋죠."

"지우가 확실히 너한테 우상은 우상이었나 보구나."

"네. 맞아요. 한데… 그도 그렇지만……."

대한이가 우물쭈물거렸다.

"그렇지만 뭐?"

난 놈에게 뒷이야기를 재촉했다.

그러자 대한이는 내 눈치를 살살 보며 어렵게 말을 꺼냈다.

"엄청… 예쁘시던데요."

"보는 눈은 있네. 많이 예뻤어?"

"네. 그렇게 예쁜 여자는 처음 봤습니다. 연예인 뺨치던데
요."

대한이의 얘기는 살짝 과장된 면이 없잖아 있었다.

하지만 사실 여느 연예인과 비교해도 밀리지 않는 얼굴이다.

지우는 요즘에도 길거리에 나가면 하루에 한 번씩은 캐스팅 매니저들에게 명함을 받아온다.

이제는 그런 것이 일상다반사가 되어버렸다.

하지만 지우가 좋아하는 일은 그림이다.

연예계 쪽으로 나갈 생각은 조금도 없었기에 숱한 캐스팅 매니저들이 그 바닥에 끌어들이려 해도 콧방귀만 뀔 뿐이다.

"그 형님에 그 여동생이네요. 두 분 다 진짜 축복받은 유전자만 받고 태어났나 봅니다."

"반했냐."

"…네?"

"내 동생한테 반했냐고."

"아… 남자라면 누구나 지우 씨 보고 반하지 않겠습니까? 저렇게 예쁜데."

"내 동생 눈 높다."

"물론 그렇겠죠."

"그리고 나도 눈 높다"

"…그건 또 무슨 말씀입니까?"

"내 눈에 차지 않는 놈 내 동생이랑 연애시킬 생각 없다. 무슨 말인지 알아들어?"

"형님 눈에 차려면… 얼마나 대단한 인간이어야 하는 건데요? 그냥 내 동생이랑 로맨스 따위 일으킬 생각 하지 말라고 말씀하세요. 그게 맘 편해요. 포기하기도 쉽고."

"그래? 그럼 포기하든가."

"형님… 진심이세요?"

"뭐가? 포기하라는 거?"

"아니오. 그러니까 제 말은요. 제가 괜한 마음 품을까 봐 엄포 놓는 게 아니냐구요. 형님 눈에 차면 지우 씨랑 연애하게 해주실 거냐구요."

"당연하지."

그러자 대한이가 두 주먹을 불끈 쥐고 벌떡 일어났다.

"최선을 다하겠습니다!"

"내 눈에 들고 싶다면 첫째."

"첫째?"

"자기 일에 충실해라. 누구보다 열심히, 그리고 즐겁게 자기 일을 해 나갈 줄 알아야 돼."

"저, 이대한! 그림에 죽고 그림에 삽니다!"

"그건 지켜봐야 할 일이고. 이번에 그림 연습도 내가 시켜서 죽지 못해 했잖냐."

"에이, 아니죠. 단순히 형님이 시켜서 그렸으면 천 장 다 못 채웠죠. 하다 보니까 제가 재미가 붙어서 그린 겁니다."

"그래?"

"그럼은요."

"좋아. 계속 지켜보마. 일단은 일곱 달 뒤에 연재 들어갈 수 있도록 예비 분량 싹 뽑아놔. 몇 화까지 완성할 수 있겠어?"

"한… 20화 정도?"

"웃기지 마. 보통 웹툰 작가들이 주1회 연재한다고 가정했을 때, 한 달에 4화에서 5화씩은 그려. 그럼 일곱 달이면 몇 화야?"

"30화 조금 넘겠네요."

"그래. 근데 너는 고작 20화? 말이 돼?"

"그게요, 그리면서 점점 손에 익어야 하니까……."

"됐고. 30화 완성해 놔. 예비 분량 떨어지는 건 순식간이야. 언젠가부터는 한 주에 한 화씩 그려서 연재해야 하는 시기가 분명히 올 거야. 그러니까 그 전에 주간 연재에 무리없도록 네 속도를 맞춰놔야 돼."

"하아, 알겠습니다."

"자신없어?"

"아니오! 자신있습니다!"

"좋아. 그럼 가봐."

그 말에 대한이가 눈을 끔뻑끔뻑거렸다.

"…가라구요?"

"그래. 가서 첫 화 콘티 나오는 거 기다려. 늦어도 내일 아침까지는 작성해서 보내줄 테니까."

"형님. 그래도 우리 얼굴 본 지 얼마 안 됐는데 이별이 너무 빠르지 않습니까?"

"이별이 늦어질수록 그림이 나오는 속도도 늦어지겠지. 내가 콘티를 그만큼 늦게 구상할 테니까."

"쩝. 알겠어요. 역까지 태워주실 거죠?"

"그러지. 나가자."

*　　*　　*

대한이를 보내놓고서 당장 콘티 작업에 들어갔다.

물론 콘티 작업은 나 혼자서 할 수가 없었다.

콘티에 대해 한 번도 배워본 적이 없기 때문이다.

그래서 지우에게 도움을 받았다.

지우는 콘티를 어떻게 짜야 하는지에 대해서 직접 시범을 보여가며 상세하게 알려주었다.

그렇게 한 번 집중해서 보고 들으니 다음부터는 작업이 수월해졌다.

난 아침이 될 때까지 1화의 콘티 작업을 마친 다음 스캔을 떠서 대한이의 메일로 보내주었다.

이제 웹툰 작업이 본격적으로 시작된 것이다.

the Archmage Returns

제5장
웹툰 연재

오늘은 내가 공익 생활을 마무리하는 날이다.

같은 스포츠센터에서 일하던 공익들이 입구에 쫙 서서 소집해제가 된 내게 인사를 건넸다.

"민간인 되시는 거 축하합니다, 형님."

"안녕히 가십시오."

"부럽습니다!"

처음에는 하나같이 날 못 잡아먹어 안달이 난 녀석들이었다.

그런데 최고참인 손병식을 휘어잡아 버린 이후로는 거의 내가 최고참 대우를 받았다.

난 녀석들의 어깨를 한 번씩 가볍게 두들겨 주었다.

그리고 손병식에게 한마디 했다.

"너도 소집해제 끝나면 연락해라. 우리 가게에서 거하게 한번 살 테니까."

"그래주시면 영광이죠. 그리고 이즈멜 그룹 대표였으면 들어오자마자 말씀을 하시지. 그럼 처음부터 대접해 드렸죠."

"네 지랄 같은 성격에 잘도 그러겠다."

"에이, 아니라니까요."

"아무튼 알았다. 간다. 고생들 해라."

난 아직도 갈 길이 먼 스포츠센터 공익들의 부러운 시선을 받으며 그곳을 떠났다.

*   *   *

오래간만에 어스 뱅가드의 한국지부를 찾았다.

난 객실에서 설여루와 얼굴을 마주한 채 앉아 있었다.

"용병 일을 그만두시겠다구요?"

"그래."

"갑자기 왜 그러시는 거죠?"

"더 이상 내가 어스 뱅가드의 도움을 받을 일은 없으니까."

"흐음……."

여루는 팔짱을 끼고서 잠시 무언가를 생각하는 듯하더니

고개를 끄덕였다.

"알겠습니다. 어차피 우리가 약속했던 오 년이란 시간은 다 지나갔으니까요. 하지만 약속했던 대로 정우 씨의 가족들을 지키고 있던 어스 뱅가드의 요원들은 회수하지 않겠습니다."

"아니, 회수해."

"그렇게 딱딱하게 나오지 않아도 돼요."

"딱딱하게 나가는 게 아니야. 그들이 정말 필요 없으니까 회수해 가라는 거다."

"…그런가요? 제가 오해했네요. 알았어요."

"이제 어지간하면 서로 얼굴 볼 일 없었으면 하는군."

난 품 안에서 골드키를 꺼내 테이블 위에 툭 던지고 일어났다.

객실을 빠져나가려는 내 뒤로 여루의 목소리가 들려왔다.

"정우 씨."

"……?"

"사실 저는 당신이 참 마음에 들지 않아요."

"마찬가지야."

"그런데… 마냥 미워할 수도 없었죠."

"마음이 약하군."

"아니요. 언젠가… 당신과는 또 다른 인연으로 만날 것 같네요. 그런 느낌이 들어요. 그래서 아직은 판단을 미루고 있을 뿐이에요."

"또 다른 인연이라는 것도 없었으면 좋겠어."

*   *   *

난 지린의 차를 타고 춘천으로 향하는 중이었다.

"계약 기간 끝나니까 칼같이 걷어차 버리네?"

운전을 하던 지린이 기가 차다는 듯 말했다.

"난 어스 뱅가드에서 원하는 것들을 들어주었고, 그들도
내가 원하는 것을 들어주었어. 그러다 계약 기간이 끝나 합의
하에 해지한 거야. 뭐가 문제지?"

"아, 몰라! 그냥 너 얄미워."

"어스 뱅가드에서 난 적잖이 미움받고 있었군. 역시 그만
두길 잘했어."

"으휴, 어쩨 예쁜 구석이 눈곱만큼도 없냐."

지린은 평소보다 더 심하게 툴툴댔다.

그 모습이 마치 지금 내 심정이 어떤지 알아달라고 투정 부
리는 어린애 같았다.

"지린."

"왜."

"흔들리고 있구나."

"뭐라는 거야, 뜬금없이."

"강진이한테."

"……."

강진이는 훈련소에서 나오던 날, 춘천에서 지린과 함께 술자리를 하다 번호를 주고받았다.

이후 두 사람이 더 깊은 관계로 발전했는지에 대해서는 크게 신경 쓰지 않았다.

강진이나 상호에게 가끔 연락은 왔지만, 깊은 얘기는 나누지 않았었다.

그런데 아무래도 강진이는 꾸준히 지린을 만나온 모양이다.

하지만 아직 사귀는 사이는 아닐 것이다.

"강진이가 마음에 들어와?"

"조금."

"그래서? 흔들리지 않게 잡아달라고 떼쓰는 거야?"

"그래! 너만 바라보다가 지금 딴 남자한테 혼이 빠지려 그러는데 질투도 안 나?"

"얼마 후면 결혼할 사람한테 할 소리야?"

"휴, 미안하다, 미안해. 뭘 기대하겠니."

"강진이 괜찮은 놈이다. 과거보다 지금이, 지금보다 미래가 더 기대되는 놈이야. 잘해봐."

"잘하고 자시고가 다 뭐야. 나 어스 뱅가드야. 이런 여자가 보통 사람처럼 살아갈 수 있다고 생각해? 결혼을 하게 되더라도 같은 요원 사이에서 신랑감을 찾아야 돼."

"그럼 그만두면 되잖아."

"……뭐?"

지린이 운전 중이라는 것도 잊어먹고서 날 멍하게 바라봤다.

난 지린의 핸들을 한 손으로 잡고 대신 운전을 해주었다. 그제야 지린이 퍼뜩 정신을 차리고서 다시 전방을 주시했다.

"어스 뱅가드. 그만두라고."

"내가 거기에 몸담고 있었던 시간이 얼만데 그만둬?"

"그래서 행복해?"

"행복해."

"진심으로 행복해? 지금 네 삶."

"……."

지린은 대답하지 못했다.

다만, 그녀의 커다란 눈망울에 눈물이 맺힐 뿐이었다.

어느 순간부터 지린은 구슬프게 흐느끼며 운전을 하고 있었다.

그러다 갓길에 차를 대고서는 대성통곡을 했다.

난 그런 지린을 그저 가만히 바라보아 주었다.

한참 동안 눈물을 쏟아낸 지린이 크게 한숨을 몰아쉬고 비로소 속에 있는 얘기를 꺼냈다.

"신물 나. 이런 생활. 내가 대체 뭘 하고 있는 건지 모르겠어. 처음에는 행복하다고 생각했어. 일반인들은 모르는 비밀 지구방위대 같은 곳에 들어와서 지구의 안전과 평안을 위해 일하는 게, 그게 멋있다고 생각했어. 나도 모를 커다란 사명감이 눈앞을 가리고 있던 거지. 하지만 언젠가부터 내 안에 잠자고 있던, 애써 모른 척했던 감정이 계속해서 일어나는 거야. 그래서 너한테 더 집착했던 것일지도 몰라."

거기까지 말한 지린이 잠시 뜸을 들이다가 다시 말을 이었다.

"난… 나는… 그냥 여자이고 싶었어. 보통의 여자들처럼 소소한 행복 속에서 평범한 일상 속에서 작은 것에 미소 짓고, 울기도 하고, 슬퍼하기도 하면서 그렇게 살고 싶었어. 그런데 지금의 난 어떤지 알아? 괴물이 됐어. 어느 순간부터 사람을 죽여도 아무런 죄책감이 들지 않아. 다 죽어 마땅한 놈들이었다고, 그래서 죄책감이 없는 것이라고 자위했지만 그게 아니야. 그냥 내가 괴물이 된 거였다고!"

쾅!

지린의 주먹이 자동차 앞유리를 때렸다.

그러자 타격점을 중심으로 쩌저적! 하는 소리와 함께 잔금이 빗살처럼 늘어나 사방으로 퍼졌다.

"봐봐. 이게 나야. 주먹질 한 방에 자동차 유리가 깨진다고. 웃기지 않아?"

"뭐가 웃기다는 거야."

"지금 내 모습이 얼마나 웃기냐고!"

"늦지 않았어."

"아니, 늦었어. 난 계속 이렇게 살아야 돼. 그게 맞아."

"맞지 않아."

"봐!"

지린이 금이 간 유리창을 가리켰다.

"한 번 저렇게 금이 가면 끝이야. 다시 이어붙일 수 없어. 전처럼 깨끗하게, 아무것도 모르던 그때로 돌아갈 수 없다고! 난 계속 저 금이 간 유리처럼 살아야 돼!"

지린이 발작적으로 소리치는 순간, 난 주먹으로 금이 간 유리창을 후려쳤다.

쾅!

지린이 놀라서 정면을 바라보았다.

금이 갔던 유리창은 통으로 떨어져 나가 도로 바닥을 굴렀다.

졸지에 지린의 차는 앞이 훤히 뚫려 버리고 말았다.

"이제 네가 봐야 할 차례야."

"…뭐?"

"금이 간 유리를 다시 붙일 수 없다면, 차라리 완전히 깨뜨려. 애초에 아무것도 존재하지 않았던 것처럼."

"……!"

"다시 한 번 똑바로 봐. 여기 어디에 금이 간 네 인생이 있다는 거야? 아무것도 없어. 두려워하지 마, 지린."

"정우야……."

"너도 다 깨뜨려 버리고 새로 시작할 수 있어."

"흐윽… 흑!"

지린이 다시 눈물을 터뜨렸다.

이번엔 난 그녀를 안아주었다.

내 품에 안겨 흐느끼는 지린의 어깨가 가늘게 떨렸다.

그녀는 울음 사이사이에 계속해서 고맙다는 말을 반복했다.

*　　　*　　　*

대한이가 이즈멜 전기의 작화에 들어간 지도 다섯 달이 흘렀다.

녀석은 한 화 한 화가 완성될 때마다 내게 보내왔다.

지금 비축된 분량은 14화.

우려했던 바와 달리 대한이는 빠른 속도로 원고를 그려 나갔다.

그렇다고 퀄리티가 떨어지는 것도 아니었다.

오히려 갈수록 완성도가 높아졌다.

처음에는 무조건 내가 보내주는 콘티대로만 컷을 짜던 녀석이 이제는 자기 감각에 맞춰서 수정해야 할 곳은 자체적으로 수정한 뒤, 구성을 바꾸고, 카메라 앵글을 조정했다.

더불어 캐릭터 디자인도 하나같이 잘 빠져서 개성이 톡톡 튀었다.

스포츠센터에서 나와 집으로 돌아온 뒤, 메일을 확인해 보니 15화 원고가 넘어와 있었다.

역시나 충분히 만족할 만한 수준의 원고였다.

'더 기다리지 않아도 되겠어.'

난 대한이에게 전화를 걸었다.

―네, 형님.

"대한아, 원고 잘 봤다."

―벌써 보셨어요?

"그래. 이제 연재 시작하자."

―네? 세 달 더 있다가 해야 하지 않습니까?

"지금 해도 돼."

―비축분을 조금 더 만들어 놓는 게 나을 것 같은데…….

"애초에 내가 준비 기간을 여덟 달로 잡았던 건, 네 작화의 퀄리티, 주간 연재에 적응할 수 있는 속도 등을 고려했던 거야. 한데 지금 넌 충분히 그런 준비가 되어 있어."

―그렇습니까?

"지금 가장 큰 웹툰 시장은 포털검색사이트 네이코스에서 서비스하고 있어. 거기 도전 웹툰작가 코너에 매주 월요일, 금요일에 한 화씩 웹툰을 올려. 아마 한 달이 가기 전에 연락

올 거야."

―에이, 아무리 그래도 한 석 달은 기다려야 할걸요?

"아니. 내 말을 믿어. 한 달 내에 결판난다. 그리고 연재할 때 작화 이대한, 글 하정우, 그 위에 이즈멜 그룹 제작지원이라는 문구 잘 새겨 넣고. 너와 내가 손잡고 웹툰을 한다는 건 곧 이즈멜 그룹에서 그 시장에 뛰어들었다는 얘기니까."

―음… 네, 알겠어요. 오늘이 월요일이니까 바로 연재할게요.

"그래. 고생해라."

―네, 형님두요.

대한이와 통화를 마치고 한 시간 정도가 지난 후, 네이코스에 접속해 웹툰 카테고리를 들어갔다.

도전 웹툰작가에서 이즈멜 전기라고 검색하니 1화의 원고가 떴다.

일단 이즈멜 전기는 작화가 끝내주기에 다른 작품들 사이에 묻혀도 시선이 확 간다.

미리보기 식으로 드러나는 단 한 컷의 이미지만으로도 마우스 포인터가 다가갈 만큼 말이다.

반나절 정도가 지난 후, 다시 도전 웹툰작가 란에 접속했다.

한데 오늘의 인기 만화란에 이즈멜 전기가 떡하니 자리하고 있었다.

오늘의 인기 만화는, 도전 웹툰작가 란에 올라오는 숱한 원고 중, 조회수와 평가수가 많은 웹툰 세 편이 메인처럼 뜨게 되는 형식이다.

이즈멜 전기 1화는 게시하고 반나절밖에 지나지 않았는데, 조회수가 4천에 별점 평가가 800개였다.

게다가 대부분의 사람이 높은 점수를 주어서, 별점은 10점 만점에 9.9점이었다.

"됐어."

이 정도 페이스라면 한 달이 아니라 20일이 흐르기 전에 네이코스 측에서 연락이 올 것이다.

도전 웹툰작가에 올라오는 웹툰 사상 이렇게 선풍적인 인기를 끌었던 경우는 아마 없었을 것이기 때문이다.

아니, 딱 한 번.

내 동생 지우가 연재했던 몽중인을 제외하고서는.

과연 이즈멜 전기가 몽중인의 인기를 넘어설 수 있을지는 앞으로 지켜보아야 할 일이었다.

*　　　*　　　*

대한이가 웹툰을 연재한 지 3주가 지났을 무렵.

녀석으로부터 연락이 왔다.

"그래, 나다."

―형님! 으하하하하하!

스마트폰 너머로 들리는 대한이의 목소리는 잔뜩 상기되어 있었다.

"네이코스에서 정식 연재 제의 들어왔구나."

―네! 들어왔습니다!

"어떻게 하기로 했냐."

―원고가 정말 완벽해서 수정할 것도 없이 다음 주부터 연재란 받기로 했어요!

"잘됐네."

―이제 저 정식 웹툰작가 되는 거예요!

"그래."

―돈 받으면서 그림 그리는 거라구요!

"알았다."

―아, 근데요…….

대한이가 무슨 말을 하려는 건지 목소리를 착 내리깔고서는 머뭇거렸다.

"뭔데? 얘기해."

―그… 웹툰으로 받는 원고료요.

대한이는 돈 문제에 대해 말하고 있었다.

아무래도 사람들에게 있어서, 특히 동업관계인 이들에게 돈 문제만큼 민감한 게 없다.

"그건 걱정하지 마라. 나는……."

내가 대한이에게 이미 생각해 두었던 방안을 꺼내 놓으려 하는데, 녀석이 내 말을 잘랐다.

—아니오. 그게 아니라 이즈멜 전기로 들어오는 수입은 전부 형님 드릴게요.

"그게 무슨 헛소리야."

—헛소리 아니구요. 그러고 싶어요. 그게 맞는 것 같아요. 일단 전 이 웹툰으로 데뷔를 했잖아요. 그게 어딥니까? 형님 아니었으면 제가 웹툰 같은 거 시작할 생각이나 했겠어요? 형님 덕분에 제 인생 새롭게 시작하게 됐는데, 염치없이 고료까지 나눠 먹을 순 없죠.

"대한아, 너 뭔가 착각하고 있다."

—뭐가 말입니까?

"난 애초부터 고료에 손 댈 생각 손톱만큼도 없었다."

—네? 아니, 왜요?

"간단하게 설명해 줄까, 복잡하게 설명해 줄까."

—저 머리 나쁜 거 아시지 않습니다. 간단하게 부탁합니다.

"나 돈 많다."

—아…….

그 한마디로 대한이는 모든 것을 이해한 듯했다.

하지만 뭔가 석연치 않았던 모양이다.

—형님. 복잡하게 설명 한 번 더 해주시죠.

"사실 그다지 복잡할 것도 없어. 넌 나로 인해 웹툰을 시작하게 되었다고 말했지?"

—그랬죠.

"마찬가지다. 나 역시 널 알게 되고 네 재능을 보고 난 이후, 웹툰 시장에 뛰어들 생각을 한 거야."

—그래요?

"아무리 좋은 스토리가 머릿속에 들어 있으면 뭐하냐. 그 스토리를 내가 원하는 퀄리티로 뽑아낼 수 있는 사람이 있어야 웹툰도 만들어지는 거지. 물론 이즈멜 전기는 널 만나고 나서 만들게 된 거지만. 아무튼 네가 없었다면 난 이즈멜 전기를 웹툰으로 만들 생각조차 안 했을 거야. 그러니까 웹툰으로 벌어들이는 돈은 모두 네가 가져라. 난 됐다."

—에이, 형님 아무리 그래도…….

"대한아."

—네.

"형 돈 많다."

—…그렇죠. 형님말대로 하겠습니다.

또 다시 대한이는 쉽게 내 말을 수긍해 버렸다.

                    *   *   *

이즈멜 전기는 정식 연재 서비스를 시작하자마자 어마어

마한 반향을 일으켰다.

사람들은 이즈멜 전기의 스피디하면서 스타일리시한 이야기 전개와 완벽한 작화에 혀를 내둘렀다.

단 한 편을 올렸을 뿐인데, 입소문이 빠르게 퍼지면서 조회수가 사흘 만에 십만을 돌파했다.

웹툰을 좋아하는 블로거들 사이에서는 이미 이즈멜 전기의 이야기가 심심치 않게 포스팅되고 있었다.

시작이 좋았다.

이즈멜 전기가 연재된 지 한 달이 지날 무렵엔 이미 같은 요일에 연재되는 웹툰들을 모두 짓밟고 조회수 1위, 평가 참여 1위, 평점 1위라는 삼관왕을 차지하게 되었다.

두 달이 지났을 땐, 연재되는 전체 웹툰에서 탑을 먹었다.

이즈멜 전기는 매주 월요일에 연재된다.

한 번은 담당자의 실수로 자정 12시에 올라가야 하는 이즈멜 전기가 십 분 정도 늦게 게시된 적이 있었다.

그때 포털사이트 네이코스의 검색어 1위는 이즈멜 전기였다.

이즈멜 전기의 인기는 가히 폭발적이었다.

이렇게 간다면 지우가 연재했던 몽중인의 모든 기록을 곧 갈아엎을 판이었다.

이미 웹툰을 책으로 엮어 출간하는 출판사들은 전부 자신들과 계약을 하자고 연락이 온 상황이다.

대한이는 늘 입이 귀밑까지 찢어져 있었다.

녀석은 갑작스레 얻게 된 인기에도 불구하고 게을러지거나 나태해지지 않았다.

오히려 더 열심이었다.

자신이 태어나서 언제 한 번 사람들에게 이토록 사랑받았던 적이 있었으냐면서 열정을 불태웠다.

칭찬은 고래도 춤추게 한다더니 지금 대한이가 딱 그 짝이었다.

몇 달간을 계속 웃는 상으로 보냈더니 녀석의 인상도 많이 부드러워져 있었다.

사람의 얼굴은 그가 살아온 세월이 담겨 있다고 하더니, 역시 그 말이 꼭 맞았다.

지금의 대한이는 과거의 그 거칠던 놈이 맞는가 싶을 정도로 온순해졌다.

그런 대한이에게 또 한 번 경사가 일어났다.

바로 여기저기에서 인터뷰 제의가 밀려들기 시작한 것이다.

그게 웹툰을 연재하고 딱 반년이 지난 후의 일이었다.

기사들의 제목은 하나같이 비슷했다.

혜성처럼 등장한 신인 웹툰작가가 네이코스 웹툰의 역사를 갈아치우고 있다는 식이었다.

이미 인터넷 기사 중 하나에서는 이즈멜 전기와 몽중인의 상승가도를 비교하는 그래프까지 작성해서 실었다.

그래프엔 이즈멜 전기가 이미 연재 네 달 만에 몽중인의 기록을 모두 잡아먹었던 것으로 나와 있었다.

결국 이즈멜 전기는 웹툰 역사에 새로운 한 획을 긋게 된 것이다.

*　　　*　　　*

2020년 3월 10일.

몽중인의 연재가 일곱 달째로 접어들었다.

그리고 이 달은 슬과 나의 결혼식이 있는 달이기도 하다.

혼인은 대풍도사가 점지해 준 대로 3월 21일 날 올리기로 했다.

그런데 결혼식을 올리기 전에 대한이로부터 즐거운 소식이 들려왔다.

녀석은 이건 전화로 얘기할 일이 아니라며 직접 춘천까지 찾아왔다.

난 슬과 함께 대한이를 만나 돈 앤 돈스로 데려갔다.

대한이는 자리에 앉자마자 소주부터 시켜 일 순배를 돌리고서 벌떡 일어나 크게 외쳤다.

"형님! 축하드립니다! 그리고 나 이대한! 정말 열심히 살았다! 축하한다! 형수님도 축하해 주십시오!"

"대한 씨. 무슨 일인데 그래요?"

"그래. 어서 말해봐라. 한껏 분위기 띄워놓고 아무것도 아니면 한 대 맞는다."

"자, 놀라지들 마세요. 아니지, 놀라세요! 어제 트루39이라는 게임회사에서 메일이 왔습니다!"

"트루39?"

"네!"

트루39이라면 요새 한창 잘나가는 게임회사다.

지금 스마트폰의 세계 게임 시장은 트루39에서 이십 퍼센트 이상 잡아먹고 있다 해도 과언이 아니었다.

그야말로 한국에서 태어난 괴물 게임 회사가 트루39이었다.

"메일에 뭐라고 적혀 있었냐."

"이즈멜 전기를 스마트폰 게임으로 만들고 싶대요!"

"어머, 정말이에요?"

"네! 트루39에서 만들면 무조건 대박이에요! 거긴 최고의 게임을 만들어내는 괴물들만 응집해 있는 곳이라구요!"

슬이 내게 정말이냐는 시선을 보냈다.

난 고개를 끄덕여 대한이의 말이 허풍이 아님을 알려주었다.

"정말 잘됐네요, 대한 씨!"

"모두 다 정우 형님 덕분입니다! 이대한의 쥐구멍 인생에 볕이 들지 누가 알았겠습니까?"

"축하해요."

"네, 감사합니다. 형님, 축하드립니다. 트루39에서 이즈멜 전기를 게임으로 만들어 출시하면, 세상 사람들이 형님의 이야기를 접하게 되는 거 아닙니까?"

"잘됐을 때 얘기지."

"무조건 잘 된다니까요!"

"아무튼 너한테 왔다는 메일 내게도 보내라. 그리고 트루39의 관계자들과 한번 만나봐야겠다."

"네, 그러셔야죠."

대한이가 통쾌하게 웃고서는 술을 쭉 비웠다.

"크하! 술맛 좋다!"

난 그런 대한이의 모습을 가만히 바라보다가 지나가듯 질문을 던졌다.

"지우랑은 잘 되어가냐?"

대한이는 다시 술잔을 따라 한 잔 마시다가 그대로 뿜어냈다.

"푸흡! 크헥! 켁!"

"뭘 그렇게 놀라?"

"제, 제가 지우랑 연락하는 거 알고 계셨어요?"

"난 모르는 게 없다."

"귀신이네, 귀신……."

"지우는 너한테 어느 정도 호감이 있어 보이던데."

"그, 그래요?"

"뭐, 어디까지나 내가 봤을 때 그렇다는 거다."

"아⋯⋯."

지우의 이야기가 나오자마자 대한이의 감정이 변화무쌍해졌다.

슬이는 그 모습이 재미있는지 싱글벙글 웃으며 대한이를 지켜봤다.

"전 솔직히 잘 모르겠어요. 연락은 자주 주고받는데, 그냥 친구로 생각하는 것 같아서요. 그 이상의 감정은 느껴지지 않더라구요."

"친구로 남느냐, 연인으로 발전하느냐는 너한테 달렸다. 지우는 여태껏 남자 한번 제대로 만나본 적 없는 아이야."

"그렇습니까?"

대한이가 전혀 몰랐다는 듯 눈을 크게 떴다.

"그래. 남자랑 밀당 같은 건 할 줄도 모르고 연애의 시작이라는 걸 어떻게 해야 하는지도 몰라. 아마 지우도 머릿속이 복잡할 거야. 남자랑 이렇게까지 친근하게 지내본 게 처음일 테니."

"무슨 말씀인지 알겠습니다, 형님. 제가 용기를 내야 한다이거죠?"

"그렇다고 너무 급하게 당기면 도망갈지도 모른다."

"아, 어렵네요."

"넌 연애도 많이 해본 놈이 뭘 그리 어려워해?"

"연애야 수도 없이 해봤지만… 상대방을 이렇게까지 좋아해 본 적은 없어서…….."

대한이의 말에 슬이 고개를 주억거렸다.

"사랑에 빠졌네요, 대한 씨."

"사랑… 이요?"

"네. 제가 보기엔 그래요."

대한이는 멋쩍은지 뒷머리를 긁적였다.

그러다 고개를 휘휘 젓고서는 다시 술을 돌렸다.

"에이, 복잡한 이야기는 다음에 해요. 오늘은 즐거운 날이니까 그냥 웃고 떠듭시다!"

"호호, 그래요."

"건배!"

짱~!

소주잔이 부딪히며 맑은 소리를 냈다.

슬도, 나도, 대한이도 모두 단숨에 잔을 비웠다.

그때쯤, 세팅된 상 위에 우리가 주문한 고기가 나왔다.

고기를 굽는 건 슬의 몫이었다.

치이익.

고기 굽는 소리와 맛있는 냄새가 청각, 후각을 자극했다.

고기가 익어가는 비주얼이 시각을 붙들어 놓았음은 말할

것도 없었다.

대한이는 슬이 고기를 굽는 동안 나와 연거푸 술을 들이켰다.

그러다 갑자기 술잔을 탕! 소리가 나도록 세게 내려놓고서 큰 결심을 한 듯 말했다.

"형님! 저 춘천에서 살랍니다."

"갑자기 왜."

"아시면서 그러십니까."

"그러다 잘 안 되면?"

"뭐 춘천에 꼭 지우만 있는 건 아니잖습니까. 형님이 있고, 형수님이 있고, 제 꿈이 있지 않습니까."

"네가 그러고 싶다면 그리해."

"네! 형님 결혼식 올리고 나면 다음 달 초순이나 중순쯤에 이사 가겠습니다. 집이나 한 채 알아봐 주십쇼."

"너 이사 온다면 집은 내가 해줄게."

"네? 저, 정말루요?"

"형이 자주 하는 말 해야 믿을래?"

"허튼 소리 하지 않는다는 거 당연히 알죠! 그런데……."

대한이가 슬의 눈치를 슬금슬금 봤다.

"형수님 허락도 없이 그런 약속을 덜컥 하셔도 되는 겁니까?"

대한이의 말에 슬이 소리 내어 웃었다.

"괜찮아요. 전 그런 거 요만큼도 신경 쓰지 않아요. 정우가 하는 일은 뭐든지 다 오케이에요."

"이야~! 형님, 형수님! 부럽습니다! 아, 나도 결혼하고 싶다!"

"대한아. 아까도 말했지만 모든 건 너 하기에 달렸다."

"알겠습니다. 자, 다시 한 번 건배!"

*　　　*　　　*

트루39과의 약속날이 잡혔다.

3월 16일.

셋째 주 월요일에 그쪽에서 직접 춘천에 찾아오기로 했다.

오늘이 14일이니 이틀이 남은 것이다.

날이 갈수록 이즈멜 그룹에서 하는 일은 늘어만 갔고 그만큼 나도 바빠졌다.

그렇다 해도 개인적인 수련을 게을리 하진 않았다.

이제는 수련이라는 것이 몸에 습관처럼 달라붙어 하루라도 거르고 넘어가면 영 개운치가 않았다.

일전에도 얘기했듯이 정령술은 가장 늦게 익혔으나 빠르게 발전해 모든 상급 정령과 계약을 맺었다.

마법은 여전히 8서클에 머물러 있었다.

하지만 앞으로 수년 사이에 9서클을 마스터할 수 있을 듯

했다.

마지막으로 무적권은 무적천의 경지만을 남겨두고 있었다.

이 무적천이라는 것이 무적권의 모든 오의를 담고 있는 궁극의 한 수다.

한마디로 무적권의 극의이자 최강의 비기라고 보면 될 것이다.

무적천을 제대로 마스터하기 위해선 지금껏 배웠던 무적권의 모든 과정에 담긴 오의를 하나로 합칠 수 있어야 한다.

하지만 아직 난 그 정도 수준엔 도달하지 못했다.

이건 무적권의 단계별로 나뉜 무학들을 통으로 관철할 수 있는 깨달음이 생기지 않으면 절대 마스터할 수가 없다.

그나마 요즘엔 무언가가 보일 듯 말 듯, 간지러운 느낌이 드는 것이 깨달음에 인접하지 않았나 하는 짐작을 해본다.

오늘도 난 저택의 지하에 만들어놓은 넓은 수련실에서 무적권을 수련한 뒤, 땀을 쫙 빼고서 샤워를 하는 것으로 하루 일과를 마쳤다.

새벽 네 시.

늦은 잠을 청하기 위해 침대에 누웠다.

그런데 슬의 언니 설희에게서 전화가 왔다.

이 새벽에 무슨 일이지?

"여보세요."

―정우 씨. 안 잤네.

"원래 늦게 자고 일찍 일어나요."

―그래~ 이제 곧 유부남 되겠네. 마음이 조금 심란하겠어?

"전혀요."

―와~ 슬이는 좋겠다.

"무슨 일로 전화하셨어요, 처형."

슬과 내가 공식적으로 결혼할 사이임을 밝히고 난 이후부터 난 설희를 처형이라고 불렀다.

―음… 고민 상담?

고민 상담이라는 말을 듣자마자 그녀가 무얼 얘기하려는지 감이 왔다.

"차 감독님 일입니까?"

―어떻게 알았어?

"몇 년 전부터 알고 있었습니다. 차 감독님이 처형한테 마음이 있다는 거."

―대단하네.

"고백이라도 받았습니까?"

―고백… 이라기보단 비스무리한 거?

"차 감독님은 가정이 있지 않습니까. 그러면 안 될 입장일 텐데요."

―아니, 사실 나도 선배 입장은 이해해. 선배 처 되는 사람

이 영⋯ 그렇거든. 두 사람이 이혼을 하든 말든 전혀 관심 없어. 문제는 선배가 자꾸 나한테 마음을 주려 한다는 거야.

"곤란하겠네요."

─많이 곤란하지. 나중엔 나 때문에 가정이 와해된 꼴이 될지도 모르니까.

"처형."

─응?

"여태껏 단 한 번도 차 감독님한테 처형의 입장이나 생각 확실히 전달한 적 없죠?"

─응⋯ 그렇지. 그냥 두루뭉술 피해왔지, 뭐. 나한테 확실히 마음이 있다며 고백한 것도 아니고. 내 쪽에서 먼저 바리케이드 치는 것도 웃기고. 그래도 오래 보고 지내온 사이인데, 어색해지는 건 싫고.

"선택을 해야 합니다."

─무슨 선택?

"어색한 사이가 되느냐, 가정파탄을 불러일으킨 원인으로 오해 사느냐."

─⋯잔인한데.

"처형의 애매모호한 행동이 차 감독님한테는 더 잔인하게 다가올걸요."

─그것도⋯ 그렇지.

"마음 단단히 먹고 확실하게 행동하셔야 해요."

─하아, 그래. 맞아. 사실 나도 알고 있어. 나이를 허투루 먹은 것도 아니고 다 알고 있었다고. 그런데… 그럴 수가 없더라고. 정우 씨한테 전화한 것도, 아마 그래서일 거야. 정우 씨는 단호하게 내가 정신 차릴 말을 해줬을 테니까.

"잘하셨어요. 그리고 이제는 매부라고 부르세요. 언제까지 정우 씨라고 할 겁니까?"

─아, 그렇지. 근데 이게 잘 안 되네. 매부가 뭐야. 아유~ 어색해. 정우 씨는… 아니, 매부는 결혼 발표한 이후로 용케도 처형 소리 참 잘하네?

"그래야 하니까요. 그게 맞는 거니까요."

─그래… 그래야 한다. 그게 맞는 거다. 그래… 그렇지.

"처형."

─응?

"힘내세요."

─후훗. 그래, 힘낼 거야. 고마워, 매부. 잘 자고 내 꿈 꿔!

설희는 누가 들으면 오해 실 여지가 다분한 말을 내뱉고서 전화를 끊었다.

제6장
또 하나의 로맨스

The
Archmage
Returns

3월 16일.

트루39의 관계자와 만나기로 한 시간은 오후 두 시였다.

난 그에게 이즈멜 그룹 본사의 내 사무실로 찾아오게끔 했다.

사무실 내부엔 나와 대한이, 둘만 있었다.

대한이는 잔뜩 긴장해서 어쩔 줄을 몰라 하고 있었다.

가만히 앉아 있지를 못하고서 계속 사무실을 이리저리 왔다 갔다 했다.

"정신 사나우니까, 앉아라."

"네!"

대한이가 딱딱한 동작으로 소파에 앉았다.

그때 인터폰으로 비서의 목소리가 들려왔다.

—대표님. 트루39 장원석 이사님 오셨습니다.

"모셔."

—네.

짤막한 대화가 오가고 난 뒤.

똑똑똑.

리드미컬하게 딱딱 끊어지는 노크 이후, 문이 스르륵 열렸다.

문 너머에서는 넉넉한 풍채에 얼굴은 흡사 랫서팬더를 닮은 서른 중반의 사내가 들어왔다.

그에 대한이가 반사적으로 벌떡 일어났다.

사내는 나와 대한이를 번갈아보더니 사람 좋은 미소를 지으며 꾸벅 고개 숙였다.

"안녕하십니까. 트루39 이사, 장원석이라고 합니다."

난 그에게 다가가 손을 내밀었다.

"반갑습니다. 이즈멜 그룹 대표 하정우입니다."

"아, 스토리 작가님."

"그리고 이쪽은 이즈멜 전기 그림작가 이대한입니다."

"반갑습니다, 장 이사님!"

대한이가 긴장한 나머지 소리를 빽 질렀다.

장 이사가 흠칫 하더니 새끼손가락으로 귀를 후볐다.

"어휴… 목소리가 아주 호탕하시네요."

"앉으시죠."

우리 세 사람은 소파에 둘러앉았다.

비서가 셋 앞에 커피 한 잔씩을 놓고 물러난 뒤, 본격적으로 대화가 시작되었다.

"이즈멜 전기 정말 재미있게 보고 있습니다."

"감사합니다."

대한이는 얼굴에 함박웃음을 짓고서 장 이사의 한마디 한마디에 열정적으로 반응했다.

"작화는 말할 것도 없고 스토리가 죽이더라구요. 특히 이즈멜이랑 주변의 여자들 사이에 로맨스가 좋던데요. 나중에 누구랑 잘되는 겁니까? 라일라? 비앙카? 베르질?"

"그건 두고 보시면 알게 되겠죠."

"혹시 베르질이 이즈멜의 입술도 훔치나요? 워낙 밝히는 캐릭터잖아요. 잘생긴 남자만 보면 정신 못 차려서 입술부터 들이미는."

"그것도 두고 보시면 알게 될 겁니다."

"그런가요? 하하."

그렇게 웹툰에 대한 이야기를 어느 정도 주고받은 다음, 장 이사는 본론을 꺼냈다.

"알고 계시다시피 제가 오늘 두 분을 뵙자고 한 건, 이즈멜 전기를 스마트폰 게임으로 만들면 어떨까 해서입니다."

"네. 저희도 긍정적으로 생각하고 있습니다."

"그럼 얘기가 빠르겠네요."

"한데 어떤 형식의 게임을 생각하고 계시죠?"

"방대한 스케일의 스마트폰 전용 MMORPG입니다."

"MMORPG는 이미 한물가지 않았습니까?"

"그건 제대로 된 게임이 제작되지 않아서 그런 거죠. 지금 도 MMORPG 시장에서 가장 잘나가는 게임은 제작한 지 십 년도 넘은 '검은 눈물'입니다. 트루39은 이즈멜 전기를 유저 들이 또 다른 세상을 살아가는 느낌이 나도록 리얼하게 만들 생각입니다."

장 이사의 그 말을 듣는 순간 번개처럼 뇌리를 스치는 무언 가가 있었다.

난 그것을 당장 입 밖에 내놓았다.

"혹시 가상현실 게임이라는 분야에 관심 있습니까?"

"게임회사 이산데 당연히 있죠. 하지만 그런 게임을 출시 하기엔 아직 기술력이……."

"가능하다면요?"

"네?"

"가상현실 게임을 구현화하는 게 가능하다면 말입니까."

"가능할 리가요. 어디에서도 성공시키지 못했는데요."

아니, 성공한 사례는 있다.

난 이미 가상현실이라는 프로그램을 6년 전에 체험했었다.

바로 어스 뱅가드에서 말이다.

내가 용병 계약을 맺기 위해 등급 테스트를 받았을 때, 일루전 엔진이라는 기계에 누운 적이 있었다.

그 기계는 내 정신을 기계 속의 환상 세계와 싱크로 시켜주었었다.

난 이를 골렘에도 접목시켰다.

내 전용 골렘 앱솔루트는 올라타는 즉시 정신이 골렘과 싱크로 되어버린다.

한마디로 어스 뱅가드는 물론이고 네오 빅뱅의 골드도 싱크로 기술에 대해 알고 있다는 뜻이다.

다만 그것이 수면 위로 드러나지 않았을 뿐.

'잘하면 새로운 사업을 시작할 수 있겠어.'

내 머리가 빠르게 돌아갔다.

"장 이사님."

"말씀하시죠."

"제가 가상현실 게임을 구현시킬 수 있는 기술을 전해 드리면, 시판하는 데 얼마나 걸릴까요?"

장 이사는 이 사람이 무슨 뜬구름 잡는 소리를 하나? 하는 표정으로 날 바라면서도 진지하게 대답해 주었다.

"글쎄요. 이미 그런 기술이 있다면 우선 게임을 완벽하게 만들고 그것을 가상현실 프로그램과 완벽하게 연동시켜야 하니… 제법 오랜 시간이 걸리지 않을까요? 게다가 가상현실 게

임을 시판하기 위해선 그에 대한 새로운 법조항들이 생겨나
야 할 테고…….."

"그 게임과 가상현실 프로그램을 티끌만 한 오류도 없이
연동시킬 수 있는 전문가를 보내준다면?"

"그럼 게임만 만들면 되겠죠. 그래도 삼사 년은 봐야 하지
않겠습니까?"

"일 년."

"네?"

"게임 개발 기간 일 년으로 줄이죠."

"아니, 그건 현실적으로 말이 안 됩니다."

"가능합니다."

"작가님."

장 이사는 내가 아무것도 모르면서 막무가내로 밀어붙이
는 것 같았는지 고개를 절레절레 흔들었다.

하지만 그가 골드라는 존재를 알게 되어도 과연 같은 반응
을 보일까?

"제가 알고 있는 지구 최고의 브레인을 보내 드리죠."

*　　　*　　　*

결국 춘천에서 장 이사를 맞이했던 날.

그는 별다른 소득 없이 돌아가야 했다.

난 그 직후로 당장 골드에게 연락을 취해, 트루39의 사무실을 찾아가라 일렀다.

거기에서 골드가 무얼 해야 하는지에 대해서도 소상히 알려주었다.

골드가 트루39과 접촉을 시도한 지, 정확히 이틀 후.

장 이사에게서 다시 연락이 왔다.

―작가님! 하겠습니다. 가상현실 게임! 1년 내에 만들어 보이죠. 계약합시다!

내가 장 이사의 말을 흔쾌히 수락하자 그는 다음 날로 춘천에 내려와 계약을 맺었다.

이제 지구에서는 단 한 번도 만들어지지 않았던 전무후무한 게임이 일 년 후 세상에 모습을 드러낼 것이다.

골드와 트루39이 협력함으로써 말이다.

*   *   *

2020년 3월 21일 토요일.

드디어 슬과 나의 결혼식 날이 다가왔다.

식장은 이 년 전 춘천에 들어선 르체웨딩홀로 정했다.

르체웨딩홀은 춘천에 있는 웨딩홀 중 규모가 가장 큰 곳으로 많은 사람을 포용할 수 있었고 전체적인 퀄리티 역시도 훌륭했다.

결혼식 사회는 상호가, 주례는 대풍도사가 봐주기로 했다.

사실 사회는 오성이에게 맡기고 싶었는데, 이놈이 아직 군인 신분인지라 그럴 수가 없었다.

강진이는 지하철 공익이었는데 내 결혼식 날이 하필이면 주말 근무에 걸리는지라 참석하지 못했다.

식장엔 많은 사람이 찾아주었다.

내가 하는 일이 일이다 보니 예술 쪽부터 시작해서 요식업 관계자들, 연예인들과 정재계 사람들까지 고마운 걸음을 아끼지 않았다.

결혼식은 많은 사람의 축복 속에서 무사히 끝마칠 수 있었다.

신혼여행으로는 발리를 다녀왔다.

육박칠일 동안 슬과 단둘이서 꿈처럼 즐거운 시간을 보내고 돌아오니 마음이 이상했다.

혼자였다가 둘이 된다는 것.

앞으로 이 여인과 평생을 함께해야 한다는 것.

그 모든 것이 생소하고 낯설었다.

하지만 두려움은 없었다.

후회도 없었다.

일상이 만족스럽고 오히려 평안했다.

미리 마련해 두고서는 혼자서 지냈던 신혼집에 이제는 슬과 함께 살을 맞대고서 살게 되었다.

나는 한 가정의 가장이 되었다.

*   *   *

시간은 유수처럼 흘렀다.

정우가 결혼을 하고 난 뒤에는 더더욱 그러했다.

한 가정의 대들보가 되었다는 사실만으로도 어쩐지 세상이 더욱 빨리 돌아가는 것 같은 기분이 드는 정우였다.

이즈멜 그룹은 날이 갈수록 빠르게 덩치가 불었다.

정우가 손대는 것마다 실패하는 법이 없으니 당연한 결과였다.

2020년 5월.

정우는 요식업 쪽 일의 전권을 오성의 아버지에게 넘겼다.

오성의 아버지는 이즈멜 그룹이 출범하기 이전부터 작은 사무실에서 정우를 도와 물심양면으로 일했던 사람이다.

사람이 성실하면서도 능력이 출중했다.

해서 언젠가부터 정우는 오성의 아버지에게 조금씩 요식업 관련 업무를 넘기고 있었다.

그러다 이번에 완전히 손을 털어버린 것이다.

오성의 아버지는 정우만큼이나 요식업계의 생태를 잘 파악하고 있었다.

물론 처음엔 그런 쪽에 대해 아무것도 모르는 사람이었다.

하지만 나날이 노력하고 공부해서 지금의 능력이 생긴 것이다.

때문에 정우가 완전히 신경을 꺼도 일을 망칠 염려는 없었다.

슬의 쇼핑몰 트윙클도 그동안 눈부신 성장을 이루었다.

처음에는 슬이 하나하나 체크하고 관리하지 않으면 바로 펑크가 날 상황이었으나 지금은 슬이 믿고서 일을 맡길 수 있는 동반자들이 많이 생겨났다.

슬도 이제 엄연한 사장님이었다.

그녀의 이름으로 마련한 사무실도 있었다.

직원은 열이 넘었고, 다달이 수천만 원 이상의 흑자를 보았다.

군대에 간 오성이 빠져서 대표자리가 공석으로 비어버린 파이브스파 디자인도 무리없이 잘 운영이 되었다.

택배 업무 역시 연일 이즈멜 택배가 톱을 달리고 있었다.

철학관은 대풍도사가 워낙에 잘 이끌어갔으니 처음부터 정우가 신경 쓸 일이 없었다.

이즈멜 엔터테인먼트도 몇 년 동안 반석이 잘 다져져 이제는 한국 2대 기획사 중 한 곳으로 불린다.

물론 다른 한 곳은 임가영이 대표로 있는 아이키 엔터테인먼트다.

임가영은 이즈멜 엔터테인먼트를 끊임없이 경계하는 한

편, 가끔 정우를 만나면 아낌없이 이것저것 조언을 해주기도
했다.

두 기획사는 이제 더없이 좋은 라이벌 관계가 되어버린 것
이다.

모든 가요프로그램의 1, 2위는 두 기획사에서 배출한 아이
돌 그룹이 휩쓸었다.

뿐만 아니라 연기자 양성에도 지원을 아끼지 않아, 숱한 인
재들이 드라마나 영화에서 두각을 드러내고 있었다.

이즈멜 그룹은 이렇게 벌어들인 돈을 결코 그대로 다 가져
가지 않았다.

수익의 1퍼센트는 전부 이즈멜 재단으로 넘어가 불우한 이
웃을 위해 쓰도록 했다.

그것 외에도 정우는 개인적으로 거금을 자주 쾌척했다.

그 액수도 늘 억 단위 이상인지라 어느 순간부터 세상의 주
목을 받기 시작했다.

지금에 와서는 기부왕이라는 별명까지 붙어버렸다.

2020년 8월.

정우와 이대한이 손을 잡고 연재중인 웹툰 이즈멜 전기는
계속해서 웹툰의 새로운 전설을 써 나가고 있는 중이었다.

이제는 외국에까지 소문이 퍼져 나가, 자체적으로 번역해
서 불법으로 사이트에 게재하는 곳까지 생겨날 정도였다.

게다가 이즈멜 전기는 현재 책으로 4권까지 나왔는데, 하

나같이 오십만 부 이상이 팔렸다.

그 인세만 해도 어마어마한 금액이다.

이대한은 지난 4월 초 무렵, 약속한 대로 춘천으로 터를 옮겼다.

정우는 이대한에게 거주지 겸 작업실로 사용할 수 있을 좋은 집을 마련해 주었다.

한데 이대한은 웹툰으로 커다란 돈을 벌자마자 집값을 정우에게 고스란히 지불했다. 계속 정우에게 받기만 하다가는 면을 볼 수가 없을 것 같다는 이유를 들먹이면서.

이대한은 춘천에 자리를 잡고 나서부터 지우와 더욱 자주 연락을 주고받았다.

하지만 아직까지도 연인 사이로 발전하지는 못했다.

한데 재미있는 일이 벌어졌다.

이즈멜 전기의 승승장구를 보고 있던 지우의 가슴에 불이 붙어버린 것이다.

지우는 일러스트레이터로 활동하는 한편, 아무도 모르게 준비해 왔던 새로운 웹툰 '그걸 묻다'를 8월부터 연재하기 시작했다.

천재 작가 쥬의 귀환은 그야말로 커다란 반향을 일으켰다.

다들 웹툰 여제의 귀환이라며 환호했고 첫 화를 연재하자마자 조회수가 십만이 넘어갔다.

그다음 주에 한 화를 더 연재하니 기본 조회수는 이십만이 되었다.

한데 이것이 오로지 쥬의 인기 때문에 생긴 거품이 아니었다.

그걸 묻다는 작품성과 재미를 동시에 휘어잡은 대단한 웹툰이라는 평이 단 2화를 연재했을 뿐인데 블로그 곳곳에 올라왔다.

3화를 연재했을 땐, 평균 조회수가 50만이 되었다.

대중예술, 문화를 다루는 모든 신문사와 잡지사에서 지우에게 인터뷰를 요청해 왔다.

그걸 묻다는 연일 세간의 화제가 되었다.

결국 10월이 되어 그걸 묻다의 연재가 두 달이 넘어갔을 땐, 이즈멜 전기와 어깨를 나란히 할 정도가 되었다.

앞서 이즈멜 전기는 쥬가 처음에 연재했던 몽중인의 아성을 씹어 먹었었다.

그런데 쥬가 다시 이즈멜 전기의 아성을 짓밟으려 하고 있었다.

11월부터는 두 웹툰이 팽팽하게 맞서며 힘겨루기를 하게 되었다.

이대한도 지우도 서로에게 지지 않으려 필사적이었다.

물론 이대한의 경우 스토리는 정우가 써주고 있다는 보너스 요인이 작용했지만 말이다.

어찌 되었든 이대한과 지우는 서로에게 호감이 있으면서

도 라이벌 의식을 느끼는 묘한 사이가 되어버렸다.

그러나 둘 다 그게 싫지는 않은 모양이었다.

오히려 이런 구도가 형성되기 전보다 더 자주 만났고, 스스럼없이 대화를 나누는 친밀한 사이가 되었다.

그렇게 두 달이 더 지나 새로운 한 해가 시작되었다.

2021년의 1월.

장만욱은 결국 임가영과 혼례를 올리게 되었다.

그야말로 미녀와 야수의 혼인이 아닐 수 없었다.

장만욱은 임가영과 결코 어울리지 않는 비주얼이었다.

때문에 신랑이 입장할 땐 모든 사람이 그를 놀리며 야유를 보내거나 이유도 없이 키득대며 웃기 바빴다.

반면, 임가영이 입장할 땐 다들 그 미모에 넋이 나가 남녀노소 할 것 없이 우레와 같은 박수를 보내주었다.

장만욱에겐 굴욕적인, 임가영에겐 꿈만 같은 결혼식이었다.

장만욱은 임가영과 결혼을 하자마자 형사 일을 관뒀다.

임가영이 장만욱에게 위험한 일은 이제 그만두라며 엄포를 놓았기 때문이다.

하지만 장만욱은 탱자탱자 노는 것이 체질적으로 맞지 않는 사람이다.

형사일을 할 때 보면 늘 농땡이 부릴 궁리만 하는 것 같지만, 직장에 나가 농땡이 치는 것과 집에만 틀어박혀 아무것도 안 하고 있는 건 느낌부터가 다르다.

그리고 장만욱은 농땡이 치는 것 못지않게 맡은 일은 확실하게 해낸다.

어찌 됐든 장만욱은 집에서 놀 수 없으니 뭐라도 해야겠다며 임가영에게 사정했다.

결국 임가영은 장만욱에게 아이키 엔터테인먼트의 이사 직함을 하나 내주었다.

장만욱의 주된 업무는 사람들 만나서 술 먹고 다니는 것이었다.

사실 장만욱이 임가영 앞에서나 삐죽댔던 거지 사교성은 제법 있는 편이다.

그 험상궂은 얼굴에, 입에서는 주구장창 욕만 흘러나오는데도 불구하고 사람을 끌어당기는 묘한 매력이 있었다.

장만욱은 이사가 되고 난 이후, 여기저기를 쑤시고 돌아다니면서 누구보다 많은 일을 물어왔다.

어찌 보면 형사보다 이쪽이 장만욱의 천직이 아닌가 싶은 생각이 들 정도였다.

그해 3월엔 오성이가 제대했다.

정우는 예슬과 함께 오성의 환영식을 치러주었다.

예슬은 오성을 보자마자 끌어안고 펑펑 울었다. 오성은 예슬보다 더 큰 목소리로 울었다.

두 사람은 2년이라는 긴 시간을 무사히 견뎌내었고, 앞으로도 평생 함께하자며 온갖 닭살 행각을 일삼았다.

다시 한 달이 지난 4월에는 상호와 강진, 대호가 소집해제되었다.

드디어 공익 딱지를 벗게 된 것이다.

더불어 그 무렵엔 트루39과 골드가 협력해서 개발 중인 가상현실 게임이 거의 완성 단계에 이르렀다.

이를 축하하기 위해 장 이사가 춘천을 방문했다.

정우는 장 이사를 반갑게 맞이해서 자주 가는 일식 주점 나루또로 데려갔다.

두 사람은 게임에 대한 이런저런 이야기를 나누었다.

그런데 한창 분위기가 달아오를 무렵, 정우의 스마트폰에서 벨이 울렸다.

발신인을 확인해 보니 윤설희였다.

정우는 장 이사에게 양해를 구하고서 전화를 받았다.

"처형, 무슨 일이세요?"

—매부. 지금 어디야? 시끄러운 게 밖인가 봐?

"나루또예요."

—아, 그래? 누구 만나?

"게임회사 이사님 만나고 있어요."

—내가 가면 실례되는 자린가?

"여쭤보죠."

정우가 장 이사를 슥 바라보니, 장 이사는 누구냐는 제스처를 취했다.

"처형이요."

"처형이면 아내 되시는 분 언니?"

"네."

"오신다고?"

"오고 싶어 하는 것 같은데, 괜찮을까요?"

"처형 되시면은… 엄청 예쁘시겠네요. 그죠?"

"말할 필요도 없죠."

"혹시 나이가……."

"장 이사님이랑 비슷한 연배입니다."

"그래요? 그럼 애인은 있나요?"

"몇 년째 혼잔데요."

장 이사의 입꼬리가 귀에 걸렸다.

"어유, 그럼 빨리 오시라 그래야지, 뭐하고 계시는 거예
요?"

정우가 피식 웃고서 다시 스마트폰을 귀에 댔다.

"처형. 와도 괜찮겠네요."

―그래? 그럼 나 지금 갈게.

"근데 무슨 일 있어요?"

―있지. 오랫동안 질질 끌어왔던 걸 깔끔하게 정리했어.

정우는 그것이 무얼 말하는지 잘 알고 있었다.

바로 차 감독과의 관계였다.

사실 관계랄 것까지도 없었다.

차 감독이 일방적으로 윤설희를 좋아했던 것뿐이었으니까.

그런데 윤설희는 그런 차 감독의 마음을 탁 잘라 버리지 못하고서 지지부진하게 끌어왔다.

그걸 이번에 정리해 버린 모양이라고 정우는 생각했다.

─오늘 너무 홀가분해서 꼭 한잔하고 싶어.

"기다릴게요."

정우가 통화를 끝내자마자 장 이사가 다급히 물었다.

"오신대요?"

"네."

"감사합니다, 하 작가님."

"뭐가 말입니까?"

"그냥 감사합니다."

장 이사는 드러나는 감정을 조금도 숨기지 못한 채 히죽댔다.

이후부터는 윤설희가 언제 올지 신경 쓰이는지 정우와의 대화에도 집중하지를 못했다.

그렇게 사십 분 정도가 흐르고 윤설희가 나루또 안으로 들어섰다.

딸랑, 하는 작은 종소리에 장 이사가 자기도 모르게 고개를 돌렸다.

문을 열고 들어서는 윤설희의 얼굴에서 빛이 나는 것 같은 착각이 들었다.

'후, 후광?!'

깜짝 놀란 장 이사가 눈을 마구 비볐다.

윤설희는 정우를 보고서 얼른 다가와 옆자리에 앉았다.

"많이 기다렸지?"

"아니오."

정우에게 미안한 듯 콧잔등을 찡긋 하며 웃는 윤설희.

그 모습이 장 이사의 가슴을 마구 두들겼다.

장 이사가 자기도 모르게 벌떡 일어나 큰 소리로 외쳤다.

"안녕하세요, 처음 뵙겠습니다! 트루39에서 원석으로 근무하는 자, 장 이사입니다!"

"……네?"

"아, 아니 저기! 이사로 근무하는 장원석입니다!"

"아, 네. 반가워요. 전 방송 쪽 일하고 있구요. 윤설희라고 해요."

"저도 반갑습니다!"

장 이사가 솥뚜껑 같은 손을 불쑥 내밀었다.

윤설희는 그 손을 한 번 보고, 장 이사의 얼굴을 한 번 보더니 조심스레 맞잡았다.

두 사람의 손이 닿는 순간, 장 이사는 전신에 짜르르 전기가 통하는 것 같았다.

정신이 혼미해지고 심장은 더더욱 빨리 뛰었다.

반면 아무 생각 없이 장 이사와 악수를 나누던 윤설희가 고개를 갸웃거렸다.

"손이 너무 찬데요? 괜찮으세요?"

"괘, 괜찮습니다."

"아닌데… 이상한데. 잠깐 봐봐요."

윤설희가 장 이사의 손을 두 손으로 잡아 자기 쪽으로 끌어당기려 했다.

한데 장 이사의 자세가 너무 어정쩡해졌다.

불뚝 나온 배가 테이블에 걸려 엉덩이를 뒤로 쭉 뺀 우스꽝스러운 모습이 되고 말았다.

게다가 윤설희가 자기 손을 주무르고 있자 말도 못할 황홀감에 정신이 아득해져 얼굴 근육이 다 풀어져 버렸다.

그 와중에 눈은 꼭 감고 있었다.

무심코 그런 장 이사의 모습을 바라본 윤설희가 고개를 푹 숙이고서 웃었다.

"쿡! 푸흡! 아하하하하!"

윤설희가 웃자, 장 이사는 그제야 눈을 떴다.

윤설희는 배를 잡고서 깔깔대다가 자리에서 엉덩이를 떼고 일어나 장 이사의 옆자리에 앉았다.

"웃어서 미안해요. 제가 장 이사님 체형 생각 안 하고 너무 끌어당겼죠? 자, 이제 편하게 손 내밀어봐요."

"여, 여기⋯⋯."

윤설희가 다시 장 이사의 손을 잡았다.

장 이사는 또 다시 황홀경에 빠져 버릴 지경이었다.

"이거 봐. 계속 차잖아요. 이거 되게 위험한 거예요. 알아요? 저도 손발이 이렇게 차가웠던 적이 있었어요. 그때 정말 죽을 뻔했는데 매부가 살려준 거라구요. 내일 당장 병원부터 가보세요. 알았죠?"

"네, 네."

"외모랑 다르게 말 잘 듣네요?"

"제가 원래 사육사 잘 만나면 온순해지는 타입입니다."

"푸홋! 렛서팬더 닮았으면서 그런 유머 하지 말아요! 아하하하하! 아하하! 아, 배야! 아하하하!"

윤설희는 또 다시 웃음이 빵 터졌고, 장 이사는 그런 윤설희의 웃는 얼굴을 넋 놓은 채 감상했다.

"처형."

"아하하하⋯ 아하⋯ 하아. 하아. 응?"

겨우 웃음을 멈춘 윤설희가 눈물을 닦으며 정우를 바라보았다.

"장 이사님 손 차가운 거, 어디 이상 있다기보단 다른 게 원인일 것 같은데요?"

"다른 거? 뭐?"

윤설희가 장 이사를 바라봤다.

장 이사는 고개를 절레절레 저었다.

"그런 거 없습니다. 그냥 아픈 겁니다. 내일 병원 가볼 거예요."

장 이사는 혹여라도 자기 속마음이 들킬까 싶어서 되도 않는 거짓말을 늘어놓았다.

하지만 윤설희는 그 말을 의심하지 않고 넘어갔다.

아무튼 장 이사가 윤설희에게 웃음을 준 덕에 술자리의 분위기는 화기애애해졌다.

윤설희도 장 이사가 싫진 않은지 정우 옆으로 다시 오지 않고 계속 장 이사의 옆에서 술을 홀짝였다.

시간이 흐르고, 새벽녘이 되었다.

장 이사는 취기가 조금 오르자 정말 억울했던 일이 갑자기 떠오른다며 분개했다.

"뭐가 그렇게 억울했길래요?"

윤설희가 호기심 어린 표정으로 물었다.

"아, 모르겠어요. 제가 몇 년 전에 자취방에서 아는 형님들이랑 술을 먹고 있었거든요."

"그런데요?"

"근데 그 형님 중 한 명이 술버릇이 이상해요."

"어떻게 이상한데요?"

"술만 취하면 그렇게 빤스를 찢어요."

"풉!"

막 맥주를 넘기던 윤설희가 먹던 걸 그대로 뿜어냈다.

"큭! 큭큭!"

윤설희는 굽어진 허리를 펴지도 못한 채 큭큭댔다.

"남자끼리 술 마시다가 빤스 찢겨 봤어요?"

"아하하하하! 왜, 왜 빠, 빤스를 찢는… 큭! 아하하하!"

"몰라요. 그냥 찢어요. 아, 진짜 내가 화를 냈어야 하는데, 싸우면 질 것 같아서 아무 말도 못했어요."

"아하하하하하!"

두 사람은 정우가 생각했던 것보다 쿵짝이 잘 맞았다.

장 이사가 무슨 말만 하면 윤설희는 급격히 웃음을 토해냈다.

정우는 지금껏 한 번도 저토록 해맑게 웃는 윤설희의 모습을 본 적이 없었다.

그녀는 지금 이 순간이야말로 모든 걱정 고민을 잊고서 진정 행복한 것 같았다.

그러자 문득 정우의 머릿속에 이런 생각이 떠올랐다.

'처형의 곁엔 저렇게 웃음을 줄 수 있는 남자가 있어야 하는 게 아닐까.'

정우는 혹시 오늘 자기 주변의 인간사에 새로운 역사가 쓰여지지 않을까 하는 생각에 슬쩍 자리에서 빠져 주었다.

장 이사가 그런 정우를 한 번 잡는 척했다.

"하 작가님. 가시면 어떻게 해요?"

"피곤해서 못 버티겠네요."

"그래요, 그럼 가세요."

두 번은 잡지 않았다.

윤설희도 장 이사랑 둘이 남는다는 것에 아무런 부담을 못 느끼는지 잘 가라며 손만 흔들어줄 뿐이었다.

*　　　*　　　*

장 이사는 어느 순간 필름이 끊겨 버렸다.

그리고 다시 정신을 차렸을 땐 낯선 방의 침대 위에 나신으로 누워 있었다.

'어떻게 된 거지?'

현재의 상황에 의문을 품으며 옆을 바라봤다가 놀라 자빠질 뻔했다.

장 이사의 옆엔 실오라기 하나 걸치지 않은 채 곤히 잠들어 있는 어여쁜 여인이 있었다.

그녀는 다름 아닌 윤설희였다.

'뭐야? 왜 생각이 안 나?'

미치고 팔딱 뛸 노릇이었다.

어쩌다 이런 상황이 되었는지에 대한 의문이 아니었다.

이건 분명히 윤설희와 거사를 치른 다음의 상황인데, 그 과정이 까맣게 지워져 떠오르지 않았다.

얼마 만에 여자와 함께 잠자리를 한 것이란 말인가?

그런데 생각이 나질 않으니 억울함이 가슴 깊은 곳부터 마구 솟구쳤다.

장 이사가 이러지도 저러지도 못하고 끙끙대고 있자니 윤설희가 스르르 눈을 떴다.

그녀는 옆에 있는 장 이사를 보고서도 전혀 당황하지 않고 빙그레 웃었다.

"잘 잤어?"

"네, 네?"

"갑자기 웬 존댓말? 어젯밤엔 온갖 음담패설을 읊어대면서 야수처럼 돌진하더니."

"제, 제가요?"

"뭐야? 기억 안 나는 거야?"

장 이사는 울 것 같은 얼굴이 되었다.

눈물을 삼키며 고개를 끄덕이는 장 이사.

그런 장 이사의 반응에 윤설희의 이마에 세로줄이 생겼다.

"진짜 너무하네."

"미, 미안해요."

"하아, 생각 안 난다면 어쩔 수 없지, 뭐."

끝이다.

모든 게 다 끝났다.

세상에 여자랑 하룻밤을 지내놓고 기억도 못하는 남자라니.

윤설회가 자신을 얼마나 한심하게 생각할까.

이건 거의 나 술 먹고 실수했습니다, 하며 고백하는 것이나 마찬가지 아닌가.

"저기… 설회 씨."

장 이사가 뭐라 변명을 하려 하는데, 윤설희의 입술이 장 이사의 입술을 덥석 덮었다.

부지불식간에 뜨거운 키스를 나누게 된 장 이사가 뭐가 어떻게 돌아가는 건지 모르겠단 표정을 지었다.

윤설회가 씩 웃더니 장 이사의 위에 몸을 포갰다.

"생각 안 나면 생각나게 해줄게."

그날.

장 이사는 꿈만 같은 아침을 보냈다.

the Archmage Returns

제7장
계란으로 바위 치기

2021년 4월.

드디어 가상현실 게임 이즈멜 전기가 서비스되기 시작했
다.

이즈멜 전기를 플레이하기 위해서는 트루39 게임 사이트
에 접속해서 일루전 고글을 사야 한다.

일루전 고글의 가격은 백만 원대였다.

일루전 고글을 주문하게 되면, PC용 인스톨 시디가 동봉되
어 온다.

그것을 설치하고 일루전 고글을 USB포트에 연결한 뒤 착
용하면 게임에 접속할 모든 준비는 끝이 난다.

일루전 고글은 유저의 정신을 가상현실 게임 이즈멜 전기에 싱크로 시켜준다.

유저는 편안하게 누워 게임을 즐기면 된다.

물론 가상현실 게임인 만큼 안전장치는 필수였다.

만약 너무 오랫동안 게임 속에 접속해 버리면, 신체적으로 위험한 상황에 처할 수도 있기 때문이다.

그래서 일루전 고글은 여섯 시간마다 강제로 유저의 플레이를 종료시킨다.

그것 외에 다른 문제점은 전혀 없었다.

골드는 미래에서 과거로 넘어온 사람이다.

그 시절의 과학은 지금보다 훨씬 앞서 있었다.

때문에 일루전 고글이 사람의 정신에 아무런 해를 끼치지 않도록 완벽히 설계를 했다.

처음에는 가상현실 게임이라는 것이 정말 안전한가에 의문을 품은 사람들이 대부분이었다.

때문에, 일루전 고글은 많이 팔리지 않았다.

가격적인 문제도 있었다.

하지만 가정용 비디오 게임기 한 대가 육칠십을 하는 시대에 백만 원은 크게 무리가 가는 돈이 아니었다.

삼인 가족 한 달 생활비가 이백이 나오는 세상이다.

결국 가장 큰 문제는 안정성에 관한 의심이었다.

하나, 이 모든 것은 시간이 해결해 주었다.

이즈멜 전기가 서비스되고 나서 반년이 흐르는 동안 단 한 번도 사고가 일어나지 않았다.

게다가 이즈멜 전기를 플레이해 본 유저들은 하나같이 그 아름다운 세상을 칭송했다.

그 정도가 가히 게임을 플레이하는 유저라기보단 신을 모시는 교도들과 같았다.

상황이 이렇다 보니 점점 이즈멜 전기를 접하는 유저들이 늘어났고, 판매 후 일 년이 지났을 때엔 이미 이즈멜 전기가 전국적 유행을 이끌어냈다.

가상현실 게임은 그 자체만으로도 센세이션이다.

한데 게임성까지 뛰어나니 유저들이 정신을 못 차리는 건 당연한 일이었다.

이미 트루39은 물론 지분을 투자하고 인력을 지원해 준 이즈멜 그룹은 어마어마한 돈을 벌어들였다.

한데 정우는 여기에서 멈추지 않았다.

트루39에 모든 제작지원비를 아끼지 않을 테니 이즈멜 전기를 전 세계로 수출하자 제의했다.

트루39은 이를 흔쾌히 받아들였다.

정우는 이즈멜 전기와 일루전 고글이 수출되기 전에 보완해야 할 점을 골드에게 얘기했다.

첫째, 현재 한국에서 서비스되는 이즈멜 전기와, 해외에서 서비스될 이즈멜 전기의 서버가 통합이 되어야 한다는 것이다.

유저가 어느 나라 사람이든, 어디에 있든 일루전 엔진을 구입하면 다 같이 한 세상에서 교류할 수 있도록 만드는 것, 그것이 진정한 가상현실 게임이 아니겠는가.

둘째, 이즈멜 전기에 접속하면 국적을 불문하고 상대방의 이야기가 자동 번역되어 전달될 수 있는 기능을 추가하는 것이다.

이건 골드의 기술로 충분히 가능한 영역이었다.

셋째, 어느 해커도 이즈멜 전기의 세상을 침범할 수 없도록 방화벽을 더욱 단단하게 쌓아야 한다는 것이다.

사실 아무리 뛴다 난다 하는 해커들도 골드의 발아래 있었다.

때문에 누가 이즈멜 전기를 해킹할 리는 없었지만, 만에 하나라는 것이 있는 법이다.

한마디로 정우는 한 번 더 만반의 준비를 갖추라 요구한 것이다.

2023년 2월.

이즈멜 전기가 서비스된 지 일 년이 흐르고 세계무대를 밟기 위해 다시 일 년이 시간이 지난 시점이다.

정우의 예상대로 이즈멜 전기는 전 세계에 개방되는 순간 어마어마한 속도로 팔려 나갔다.

첫째 날은 거의 1초에 서른 대 꼴로 팔려 나갔으니 그 인기가 얼마나 대단한지 충분히 짐작할 수 있을 정도였다.

이제 이즈멜 전기는 또 다른 세상이 되었다.

사람들은 현실과 가상현실을 동시에 살아간다는 말이 나올 정도였다.

새로운 문화를 이끌어 나가는 가상현실 게임 이즈멜 전기.

그야말로 이즈멜 전기의 대대적인 부흥기가 찾아왔다.

그에 따라 이즈멜 그룹 역시 세계적인 명성을 얻었다.

연일 모든 매체에서는 이즈멜 전기의 원작자이자 이즈멜 그룹의 대표인 하정우의 인터뷰를 다루기 바빴다.

물론 트루39의 명성 역시 하늘을 찌를 듯 높아졌다.

하정우와 골드, 그리고 게임회사 트루39가 만나 천지개벽을 일으킨 것이다.

그들은 새로운 세상을 만들어냈다.

$$* \qquad * \qquad *$$

올해로 내 나이도 스물아홉이다.

이제 8개월 후면 서른이 된다.

나와 함께 내 배우자인 슬도 나이를 먹어간다.

하지만 그녀는 시간이 흐를수록 점점 더 아름다워져만 갔다.

그녀와 결혼해서 함께 살아왔던 3년의 세월간 매일매일이 새로웠다.

단 한 번도 그녀가 똑같아 보였던 적도, 고루하게 느껴졌던 적도 없었다.

늘 우리는 즐거웠고 행복했다.

그렇기에 서로의 자리에서 더욱 열심히 일할 수 있었던 것이겠지.

아직 우리 사이에 아이는 없다.

조금 더 우리 둘의 인생을 즐기고 난 뒤, 아이를 가져도 가질 생각이다.

사람들은 더 늦기 전에 낳으라고 보채지만, 그건 그들의 생각이다.

사람이란 자신의 성향을 파악할 줄 알고 그에 따라 살아갈 줄 알아야 한다.

무작정 주변의 말에 휘둘려 그대로 따라했다가 후회한다고 해서, 누구도 지나간 삶을 보상해 주지 않는다.

모두에겐 개인에게 적합한 라이프 스타일이 있다.

오늘도 우리는 우리답게 하루를 시작하는 중이다.

아침 일곱 시.

내가 눈 뜨는 시간이다.

요즘 밥 짓는 냄새와 도마 위에서 칼이 춤추는 소리에 잠에서 깨곤 한다.

살짝 열려 있는 안방문을 밀고 나가니 주방에서 아침을 준비하는 슬의 뒷모습이 보인다.

슬은 내가 아무리 조용히 뒤로 다가가려 해도, 귀신같이 알아채고서 몸을 돌린다.

그녀에겐 내 기운을 감지하는 레이더라도 달린 것 같다.

디프로티아 대륙으로 따지자면 어지간한 암살자들도 눈치채지 못할 만큼 완벽하게 기척을 죽이고서 다가가는데, 슬에게는 통하지 않는다.

항상 요리를 하다 말고 빙글 돌아서서 날 보고 활짝 웃는다.

그리고 내 뺨에 입을 맞춘다.

그럼 난 샤워실로 들어가 몸을 깨끗이 씻어내고 나온다.

그사이 테이블 위에 아침은 정갈히 차려져 있다.

슬의 손을 거치는 상은 기본이 구첩이다.

게다가 항상 국이나 찌개가 빠지지 않는다.

내가 식탁에서 마실 물은 늘 시원한 보리차로 내온다.

나도 바쁘지만 슬이 역시 나 못지않게 바쁘다.

처음엔 작은 개인 쇼핑몰로 시작해 나중엔 직원을 십수 명이나 거느린 거대 쇼핑몰이 되었고, 지금은 아예 개인 매장을 세 개나 차렸다.

그중 둘은 춘천에, 하나는 서울에 있었다.

개인 매장의 이름은 당연히 트윙클이었다.

늘 나와 함께 출근해서 새벽 1시나 되어야 퇴근을 했다.

그런데도 슬은 단 한 번 내 아침을 챙겨주지 않은 적이 없다.

일하면서 틈 날 때마다 장을 보고 집에 올 때 그것들을 들고 와서는 잠들기 전에 다음 날 아침에 먹을 반찬들을 조금씩만 준비한다.

그러면 새벽 두세 시나 되어야 잠에 들 수 있는데, 늘 나보다 일찍 일어나서 아침을 준비한다.

한데 얼굴에서는 피곤한 기색을 찾아볼 수가 없었다.

그녀는 나처럼 마나나 오러를 모은 것도 아니다.

그냥 평범한 일반인이다.

그런데도 저런 체력이 어디서 나오는 건지 궁금할 따름이다.

슬과 아침을 먹고 여덟 시에 집에서 나온다.

슬을 그녀의 매장에 내려주고 나서 나는 사무실로 향한다.

도착하면 여덟 시 반에서 아홉 시 사이다.

난 사무실에 도착해 결재서류를 훑어본 뒤 사인을 하고, 다른 자잘한 업무들을 처리한다.

이후 직원들과 회의를 치른 뒤, 점심때쯤 사무실을 나온다.

요즘엔 늘 점심을 거래처 직원이나 사장들과 해결하곤 한다.

그만큼 이즈멜 그룹과 함께 일하고 싶어하는 회사들이 늘어나기 시작했기 때문이다.

점심을 먹고 난 다음엔 이즈멜 엔터테인먼트 사무실로 향한다.

사실 이즈멜 엔터테인먼트 사무실엔 내가 들러봤자 그다지 할 일이 없다.

이미 자체적으로 완벽한 시스템을 갖추어서 잘 돌아가고 있기 때문이다.

그럼에도 불구하고 꾸준히 얼굴을 비추는 것은, 대표가 왔다 갔다 하는 것과 방관하는 것에는 분위기에서부터 큰 차이가 나기 때문이다.

난 항상 이즈멜 엔터테인먼트에 지대한 관심을 갖고 있다는 것을 행동으로 보여주는 것이다.

즉, 한마디로 이건 쇼다.

사업에는 쇼가 반드시 필요했다.

이즈멜 엔터테인먼트 사무실에서 한두 시간 시간을 보내고 나온 다음에는 대한이를 찾아간다.

녀석은 내가 찾아갈 때쯤 부스스 일어나서 씻고 작업을 시작한다.

난 대한이의 옆에서 다음 화에 필요한 시놉시스를 구상한다.

그리고 대한이가 그려놓은 원고들을 확인한다.

그러다 보면 저녁때가 된다.

저녁은 늘 대한이와 함께 먹는다.

가끔은 저녁 자리에 지우가 낄 때도 있었다.

대한이와 지우는 갈수록 점점 더 가까이 지냈다.

아직도 그들은 공식적으로 연애를 한다든가 하는 사이는 아니었다.

하지만 누가 보기에도 두 사람의 모습은 알콩달콩한 연인 같았다.

서로 시간이 날 때마다 만나서 얼굴 보는 건 기본이고, 맛있는 걸 먹으러 가거나 영화를 보러 가는 건 이제 부지기수였다.

둘이서만 공원을 갈 때도 많았고, 여행을 떠날 때도 있었다.

다만, 연인 사이에 필요한 스킨십만 없을 뿐이다.

지우는 워낙 모태솔로였던지라 그렇다 쳐도 여자 경험 많은 대한이까지 우물쭈물하는 건 왜인지 모르겠다.

두 사람은 지금도 네이코스 웹툰 코너에서 서로를 짓밟고 1위를 차지하기 위해 발악하는 중이다.

이즈멜 전기와 그걸 묻다는 매주마다 앞서거니 뒷서거니 하며 각축전을 벌였다.

저녁을 해결한 다음엔 대한이와 헤어져서 철학관으로 향한다.

대풍도사는 나와 이야기하는 것을 삶의 최고 낙으로 여기는 사람이다.

그가 처음 철학관을 열어 날 돕겠다 약속한 것도, 나와 이야기 나눌 시간을 확보하기 위해서였다.

예전에는 대풍도사가 여간 귀찮은 게 아니어서 약속한 대로 한 달에 두 번씩만 그를 찾아가 말상대를 해주었었다.

하지만 요즘엔 시간이 날 때마다 되도록 하루에 한 번은 찾아가려 노력하고 있다.

대풍도사는 내가 철학관에 들를 때마다 격하게 반겨준다.

지금도 그랬다.

"아이고, 반갑다!"

"매일 보는 얼굴 뭐가 그리 반갑습니까."

"반갑고말고. 연구대상이 왔는데. 편하게 앉아. 차라도 줘?"

"됐습니다."

"그래, 그래. 오늘은 무슨 이야기를 나눠볼까?"

"뭐가 궁금합니까?"

"음… 역시 환생에 대한 것이 좋겠어."

"그 얘기는 백 번도 더 해드린 것 같은데요."

"나로서는 참 흥미로운 분야란 말이지. 백 번이 아니라, 천 번, 만 번을 들어도 새로울 거야."

"처음부터 들려 드릴까요?"

"아니, 거기부터 해봐. 그… 천계의 문을 두드렸다는 그 부분."

"알겠습니다."

이후부터 한 시간 동안 난 대풍도사에게 이런저런 이야기들을 들려주었다.

그리고 철학관을 나왔다.

원체 내 일정이 정신없이 바쁘다 보니 한 시간 이상 시간을 내기가 여간 어려운 게 아니다.

그나마 오늘은 조금 널널하게 돌아가는 편이다.

일주일에 나흘 정도는 하루에 한 끼 이상 챙겨먹기가 힘들다.

철학관에서 나온 난, 차를 몰아 여덟 시 정각에 맞춰 춘천역에 도착했다.

오늘은 내게 메일을 보내왔던 영화사 피디와 만나기로 한 날이었다. 난 그분을 여덟 시에 춘천역에서 픽업하기로 했다.

역 근처에 주차를 해놓고서 전화를 걸었다.

그러자 제법 덩치가 있는 사내 한 명이 십여 미터 앞에서 주변을 두리번거리며 스마트폰을 드는 게 보였다.

난 전화를 끊고 그 사람에게 다가갔다.

"혹시, 큐 무비즈의 이정호 피디님 되십니까?"

"아, 네. 하정우 대표님?"

"네, 맞습니다."

"아, 반갑습니다."

이 피디가 얼른 손을 내밀어 악수를 청했다.

난 그의 손을 마주 잡고 가볍게 흔들었다.

"일단 차에 타시죠. 우리 회사 사무실에 가서 이야기를 하는 게 편할 테니까요."

"그럴까요?"

$$*\qquad*\qquad*$$

이 피디와 나는 사무실 소파에 마주 보고 앉았다.

이 피디는 내게 조심스레 물었다.

"저희 영화사 측에서 보낸 메일은 읽어보셨죠?"

"이즈멜 전기를 영화로 만들고 싶다구요?"

"네. 하 대표님께서 이즈멜 전기의 원작자이시잖습니까. 저작권도 하 대표님께 있는 걸로 압니다."

"맞습니다. 하지만 우리나라에서 이런 판타지 영화를 제작할 수 있겠습니까? 유행하는 문화가 많이 달라졌다고는 하지만 국내 판타지 영화는 외면 받기 십상일 텐데요."

"그건 저희도 알고 있구요. 거기에 대해서 충분히 회의도 했습니다. 결과적으로 충분히 가능성이 있다는 방향으로 결론이 났습니다."

"가능성이 있다라……."

"지금 이즈멜 전기 웹툰이 이즈멜이 현대로 귀환하는 부분이 연재 중이잖아요?"

"그렇습니다."

웹툰 이즈멜 전기는 디프로티아 대륙에서의 일대기를 모

두 다룬 덕에, 결국 내가 지구로 돌아온 이후의 이야기까지 진행해 버리게 되었다.

사실 여기까진 계획에 없는 내용이었다.

이즈멜이 디프로티아 대륙에서 살다가 지구로 돌아가기 위해 금단의 마법을 시전하는 순간, 바로 거기에서 이야기는 끝나야 했다.

궁금증을 유발시키는 열린 결말이었다.

그런데 대한이가 고집을 부렸다.

이대로 끝낼 수는 없다고.

지금 한창 쥬와 피 튀기는 싸움을 벌이고 있는데, 그만둘 수는 없다고.

그러니까 그다음 이야기를 어떻게든 이어 나가게 해달라며 사정사정했다.

사실 그 무렵엔 나도 은근히 갈등하고 있었다.

계획대로 이렇게 이야기를 끝내느냐.

아니면, 조금 더 연장하더라도 그걸 묻다와 계속 싸움을 벌이느냐.

한데 대한이가 절대 연재를 끝낼 수 없다고 나오니, 내 마음도 흔들려 버린 것이다.

지금 이 피디는 이즈멜 전기의 주인공 이즈멜이 한국 땅으로 돌아와 '우정하'라는 청년으로 살아가는 부분을 영화로 만들자 제안하는 것이었다.

우정하.

내 이름 석 자를 거꾸로 뒤집은 것이다.

우정하의 인생은 내가 걸어온 인생과 똑 닮았다.

디프로티아 대륙의 일대기도, 한국 땅에서 벌이는 파란만장한 삶도.

사실 이즈멜 전기의 스토리가 거의 내 자서전이나 다름없었으니 당연했다.

"참 기가 막히네요. 다른 세상에 사는 이즈멜이라는 인물을 지구로 귀환시켜 우정하라는 청년으로 살게 만든 다음 교묘하게 하 대표님 본인의 이야기를 접목시키다니요. 정말 상상도 못했습니다."

"감사합니다. 그런데 정확히 어디에서 어디까지를 영화로 제작할 생각이십니까?"

"이즈멜이 지구로 귀환하는 순간부터, 돈 앤 돈스로 성공의 기반을 마련하는 부분까지요."

"약하지 않을까요?"

"그래서 드라마를 넣어야죠. 가슴 저릿저릿한 가족 드라마."

"그래도 약할 것 같은데요."

"한 가지 더. 영화 중간 중간 우정하의 회상신을 넣을 겁니다."

"회상신이라 하면… 디프로티아 대륙에서의 일대기가 되

겠군요."

"네. 아무래도 디프로티아 대륙에서 이즈멜의 삶은 스펙타클할 수 밖에 없으니까요. 우정하의 회상신을 삽입해 진짜 판타지다운 영상들을 심심찮게 보여주는 거죠."

"그럼으로써 후속편의 기대치를 높인다?"

"바로 그겁니다. 후속편으로는 돈 앤 돈스를 세운 이후의 이야기가 아니라 그 전의 이야기를 제작하는 거죠. 스케일은 더 커지고, 사람들은 이미 우정하라는 인물에 익숙해져 있을 테니, 동양에서 만든 판타지 영화라고 해도 반감이 생기지 않겠죠."

"1편은 드라마 중심의 현대 판타지, 2편은 스펙타클한 정통 판타지 같은 느낌이겠군요."

"그게 우리가 그리는 그림입니다."

"알겠습니다. 그럼 이제 조금 더 세부적인 이야기들을 나눠보죠."

"그러죠."

＊　　　＊　　　＊

이후로 이 피디와 나는 세 시간이 넘도록 대화를 이어 나갔다.

난 갈수록 이 피디라는 사람에게 믿음이 생겼다.

물론 그게 사람 자체에 대한 믿음은 아니었다. 일적인 부분에서의 믿음이었다.

이 사람에게 일을 맡긴다면, 이 사람이 몸담고 있는 영화사에게 일을 맡긴다면, 제대로 된 작품이 나올 것 같았다.

오랜 대화의 끝은 이 피디가 미리 준비해 온 계약서에 사인을 하는 것으로 마무리 지어졌다.

이 피디는 나와의 계약이 끝나자 술 한잔을 사겠다며 밖으로 나섰다.

우리 두 사람은 근처의 아무 술집이나 들어가 가벼운 안주에 소주를 시켜 놓고 시답잖은 얘기들을 주거니 받거니 했다.

그러다 문득 이 피디가 푸념처럼 한 마디를 툭 던졌다.

"힘드네요."

"뭐가 말입니까?"

"세상이요."

"세상 살아가면서 안 힘든 사람 어디 있겠습니까."

"그런데 요즘엔 특히 힘드네요."

"무슨 일 있으십니까?"

"하아. 사실은 이번에 우리가 개봉하려는 영화가 있어요. 그런데 그게 대기업의 만행을 다룬 영화예요. 그래서 제작단계부터 문제가 많았는데 이제 겨우 크랭크인 들어갔네요."

"그 대기업이 어디입니까?"

"초환이요."

"초환……."

초환이라면 십 년 전부터 한국 대기업 서열 십위권 안팎으로 왔다 갔다 하다가 삼 년 전에 갑자기 성장하더니 지금은 삼대 기업 중 하나로 손꼽히는 곳이다.

물론 한국 제일의 기업은 아직까지 이즈멜 그룹이다.

초환은 이즈멜 그룹을 절대 따라올 수 없다.

아무튼 간에 이 피디의 영화사 큐 무비스는 지금 초환을 상대로 싸우려 하고 있었다.

"개봉이나 될지 모르겠군요. 외압이 심할 텐데."

"우리도 영화 찍으면서 늘 그 소리 합니다."

"그렇겠죠."

"이거 아무래도 계란으로 바위치기 아니냐고. 결국 영화 다 찍어 놓고 개봉 못하면 어쩌냐고."

이 피디가 소주 한 잔을 쓰게 비웠다.

"크흐!"

그는 말하다 보니 속이 상했는지 연거푸 한 잔을 더 따라 쭉 들이켰다.

"크하아!"

이 피디의 이마에 내천자가 새겨졌다.

"이 피디님."

"네?"

"계란으로 바위를 치면 어떻게 될까요?"

"계란이… 깨지겠죠."

"그래요. 바위는 깨지지 않겠죠. 멀쩡하겠죠. 하지만 적어도 더러워지긴 하겠죠."

"……!"

"한번 더럽혀 봅시다. 이즈멜 그룹에서 큐 무비스를 도와드리겠습니다."

"그 말… 진심이십니까?"

"전 허튼 소리 안 합니다."

"하 대표님께서 도와주신다면 큰 힘이 될 겁니다! 정말, 정말 감사합니다!"

이 피디가 우렁차게 소리치며 내게 머리를 숙였다.

나도 대기업의 만행과 횡포에 굴하지 않고 맞서 싸우려는 이 피디와 큐 무비스의 용기에 진심 어린 존경을 담아 고개를 조아렸다.

the Archmage Return

제8장
터뜨리다

애초부터 일개 영화사가 대기업을 상대로 싸운다는 건 말이 안 되는 일이었다.

시작하자마자 질 것이 뻔한 전쟁이었다.

하지만 큐 무비스의 사람들은 진정한 예술인들이었다.

누군가는 총대를 메고 초환 그룹의 횡포를 밝혀야 한다는 것이 그들의 생각이었다.

그리고 아무도 나서는 이가 없다면 우리가 죽기 살기로 덤벼보자며 들고일어난 것이다.

사실 초환 그룹은 오래전부터 좋지 못한 소문들이 끊임없이 흘러나왔었다.

근무자들의 열악한 작업 환경에서부터 살인적인 업무 일정에 상사가 부하직원들을 시종 부리듯 하는 분위기까지.

그런데 2년 전 문제가 터졌다.

초환 그룹에서 상사가 인턴을 교육시키다 폭행을 저질렀는데 그 인턴이 죽어버린 것이다.

한데 인턴을 때려죽인 상사는 초환 그룹 대표의 인척이었다.

초환 그룹 대표 석초환은 이 사건을 덮기 위해 막대한 돈을 쏟아부었다.

언론을 막고 조작된 기사를 내보내는 건 기본이요, 사건을 담당하는 검사와 변호사까지 매수했다.

결국 피해자의 부모들은 경찰조사에서 자기 자식이 폭행을 당해 죽었다는 증거를 찾아냈고 증인까지 세웠지만, 돈의 힘 앞에서 패소하고 말았다.

큐 무비스는 바로 이 사건을 영화화하려 한 것이다.

하지만 이를 알아챈 초환 그룹에서 시작부터 훼방질을 놓았다.

나중에는 영화가 개봉될 리도 없겠지만, 계속해서 밀어붙일 시 큐 무비스라는 영화사 자체를 없애 버리겠다는 협박 메일도 받았다.

큐 무비스 사람들은 초환 그룹의 이러한 협박을 그냥 넘기기 힘들었다.

초환 그룹은 충분히 큐 무비스를 없앨 수 있는 힘을 가진 곳이었다.

그럼에도 큐 무비스는 신념을 굽히지 않고 계속해서 전진했다.

그것은 마치 자신이 타죽을 걸 알면서도 불 속으로 뛰어드는 불나방을 보는 듯했다.

위태로웠고, 무모했다.

주변의 친분있는 모든 영화사가, 영화인들이 큐 무비스를 말리기도 하고 응원하기도 했지만, 함께 일을 도모하겠다고 나설 수는 없었다.

그들에게도 입장이라는 것이 있기 때문이다.

그토록 위험스러운 줄타기를 하는 와중, 생각지 못한 변수가 생겼다.

바로 정우였다.

사실 이 피디가 이즈멜 전기를 영화화하자고 한 데는 자금 마련에 큰 목적이 있었다.

초환 그룹의 횡포를 다룬 영화, 공허의 외침을 제작하기 위해서는 순순히 영화사에서 돈을 다 투자해야 할 판인데, 그럴 만한 여력이 없었다.

클라우드 펀딩을 받는다고 해도 그게 얼마나 모일지 알 수가 없었다.

하지만 그렇다고 영화를 허술하게 제작하긴 싫었다.

그래서 우선 가장 흥행 가능성이 높은 상업 영화 한 편을 터뜨린 뒤, 그 수익금으로 공허의 외침을 만들기로 한 것이다.

대외적으로 공허의 외침 제작은 중단되어 버린 것으로 공표하고 물밑 작업을 계속 해 나갈 예정이었다.

그래야 초환 그룹에서 이즈멜 전기를 만들 때 외압을 넣지 않을 테니까.

그런데 이즈멜 전기의 원작자이자 이즈멜 그룹 대표인 하정우가 직접 나서서 큐 무비스를 지원해 준다고 했다.

이 피디는 천군만마를 얻은 기분이었다.

그는 정우와 만남을 가진 다음 날 냅다 영화사 사무실로 내려가 이 사실을 전했다.

당연한 얘기지만 큐 무비스의 모든 사람은 벌떡 일어나 환호했다.

정우를 만나기 전까지만 해도 큐 무비스는 초환 그룹을 상대로 다윗과 골리앗의 입장에 서야 했지만, 이제는 아니었다.

판을 쥐고 흔들 수 있는 건 이제 큐 무비스다.

＊　　　＊　　　＊

오늘 간만에 상호와 강진이가 춘천에 놀러오기로 했다.

난 두 놈이 역에 도착할 시간에 차로 마중 나가 데려왔다.

점심을 걸렀다기에 우선 뭘 좀 먹인 다음, 술집으로 향했다.

그런데, 술이 한 순배 돌자마자 이 피디에게서 전화가 왔다.

계약을 하고 돌아간 지 사흘 만에 연락이 온 것이다.

"여보세요."

─잘 지내셨어요, 하 대표님?

"네. 잘 지냈습니다. 어쩐 일이십니까?"

─오늘 좀 뵀으면 해서요.

"제가 지금 선약이 있어 사람들을 만나고 있는데요."

─잠깐 들어가서 몇 마디만 나누면 안 될까요?

아무래도 급한 일이 있는 모양이었다.

"잠시만요."

난 상호와 강진이에게 물었다.

"거래처 사람들이 중요한 일로 잠시 보자고 하는데 괜찮냐?"

"오라 그래. 뭐가 어때서?"

"중요한 일이면 봐야지."

두 사람의 동의를 얻고서 다시 이 피디에게 말했다.

"네, 괜찮습니다."

─지금 어디시죠?

"저번에 이피님과 함께 술 마셨던 집입니다."

—아, 거기요. 알겠습니다.

"오시는 데 얼마나 걸리십니까?"

—이미 춘천 들어섰습니다. 늦어도 삼십 분 내에 도착할 거 같네요.

"기다리겠습니다."

통화를 끝내고 친구들과 술잔을 주거니 받거니 하다 보니 이 피디가 도착했다.

한데 이 피디의 곁에는 트루39의 장 이사도 함께였다.

장 이사가 날 보자마자 반갑게 다가와 인사했다.

"안녕하십니까, 하 작가님. 오래간만입니다."

"오래간만이네요. 한데 어쩐 일로 두 분이 같이?"

그에 이 피디가 정이사의 어깨를 툭 치며 말했다.

"장 이사가 제 대학 후배입니다."

"그래요?"

"네. 이놈도 원래 영화판에서 일하다가 사업한다면서 그만 뒀었거든요. 그렇게 드문드문 연락하다 이번에 2년 만에 뭐하고 사나 싶어서 전화했더니 게임사에 이사로 있다더라구요. 한데 이 녀석 있는 게임사가 이즈멜 전기로 대박 난 트루39이지 뭡니까."

"그래서 같이 오셨군요."

"네. 이번에 저희가 제작할 영화에 투자하고 싶다고도 하고."

"이즈멜 전기 말입니까?"

"그것도 그렇고. 공허의 외침에도 투자를 하겠다더군요."

"어려운 결정 하셨네요."

장 이사가 손사래 쳤다.

"에이, 뭐가 어렵습니까. 우리 회사 이미 글로벌하게 커져서 아무리 초환 그룹이라 하더라도 함부로 못 건듭니다."

"그래서 제가 마음이 한결 더 든든해졌습니다. 후배 하나 잘 키워놨더니 이렇게 도움을 주네요."

"일이 잘 풀렸군요. 아, 인사하시죠. 이쪽은 제 친구들입니다."

내가 상호와 강진이를 가리켰다.

한데 두 놈의 표정이 이상했다.

그리고 그들을 바라보는 이 피디와 장 이사의 표정 역시 기묘했다.

잠시 정적이 흐르고, 누가 먼저랄 것도 없이 동시에 입을 열었다.

"상호야!"

"강진이?"

"혀, 형……."

"삼촌!"

난 고개를 갸웃거리며 네 사람을 죽 훑었다.

"다들 아는 사이입니까?"

이 피디가 상호를 머리를 마구 헝클어뜨렸다.

"이놈이 제 동생입니다."

"그럼 상호 네가 말했던, 영화사 피디로 있다던 친형이……."

"어, 어. 근데 어떻게 일이 이렇게 돌아가냐?"

상호와 정호가 서로를 신기하게 바라보며 어처구니없어하는 사이, 장 이사는 강진이에게 추궁하듯 질문을 던져 댔다.

"야, 너 하 작가님이랑 아는 사이였어?"

"으, 응."

"강진아. 게임사 이사로 계신다던 친척이 장 이사님이야?"

"어."

장 이사가 다시 강진이에게 물었다.

"근데 왜 말 안했어? 내가 하 작가님이랑 일하는 거 알고 있었잖아."

"그게 저기……."

강진이가 선뜻 대답 못하고 우물쭈물거렸다.

난 그런 강진이를 재촉했다.

"시간 끌지 말고 빨리 말해."

"하아, 그게 말야. 좀 그랬어, 내 입장에서는."

"그러니까 뭐가?"

"난 괜히 누구 덕 봤다는 소리 듣기 싫었거든. 너랑 삼촌이랑 손잡고서 일을 시작했는데, 마침 난 그 무렵 소집해제 됐고 게임 쪽에 뜻이 있었어. 그런데 둘 다 아는 상황이야. 이런 상황이라면 그림이 좀 그렇잖아."

한마디로 누구의 도움도 없이 실력으로 승부하고 싶었다는 얘기다.

강진이의 말을 묵묵히 듣고 난 장 이사가 피식 웃었다.

"누가 너한테 혜택 준대? 우리 회사는 인맥 이런 거 없어. 무조건 실력으로 뽑아."

"그래도……."

"아니, 그럼 지금껏 회사에 들어오라고 그렇게 얘기해도 고집 부리면서 혼자 뭘 해보겠다고 한 이유가 고작 이거였냐?"

"응……."

"에이, 미련한 새끼."

장 이사와 이 피디가 본격적으로 자리에 합류했다.

어쩌다 보니 다들 연이 있는 사람들끼리 모이게 되었다.

그래서 그런지, 그날 술자리는 다른 때보다 더욱 시끌벅적했다.

애초에 잠시 들렀다 가기로 했던 이 피디와 장 이사도 마음 놓고 술을 즐겼다.

*　　　*　　　*

다음 날.

다 같이 순대국집으로 향해 해장을 하던 와중 강진이가 장 이사에게 넌지시 물었다.

"삼촌. 저… 게임회사에 자리 하나 있어요?"

"들어오려고?"

"네."

"낙하산은 싫다며?"

"바닥부터 시작할게요. 실력으로 인정받을 거예요."

"됐다. 게임 시장에서 네 실력 모르는 인간이 어디 있냐. 그냥 들어와."

"…감사합니다."

"감사하면 해장국은 네가 사라."

"그 정도야 일도 아니죠."

강진이가 멋쩍게 웃었다.

그러자 이번엔 상호가 이 피디의 눈치를 슬슬 살폈다.

이를 느낀 이 피디가 상호를 빤히 바라보더니 한마디 툭 던졌다.

"할 말 있으면 해, 인마."

"형. 나도 형네 영화사……."

"이 자식이. 강진이는 실력이 있는데도 제가 안 들어간 거고. 너는 들어왔다가 잘렸잖아."

이건 내가 처음 듣는 소리다.

상호는 고개를 푹 숙이고서 개미 목소리로 말했다.

"아, 형! 정우 듣는데 좀……."

"미친놈. 쪽팔린 걸 알면 기회 줬을 때 열심히 좀 하지."

"한 번만 더 믿어주면 안될까? 응? 제발."

"…후우, 좋아. 대신에 이번에도 깽판 치면 너 답 없다. 다시는 이 바닥에 발 못 들여놓을 줄 알아."

"명심할게."

"명심은. 순대국이나 처먹어라."

딱!

이 피디의 숟가락이 상호의 정수리를 가격했다.

"아야!"

상호는 한껏 인상 쓴 채, 두 손으로 맞은 부위를 어루만지면서도 입은 웃고 있었다.

*   *   *

공허의 외침이 크랭크인에 들어간 지 두 달이 흘렀다.

이번 여름은 유난히 더웠다.

아마 영화를 찍는 스태프와 배우들도 더위와 싸우느라 힘들 것이다.

난 시간이 날 때마다 간식거리를 한가득 싸 가서 고생하는 이들을 위로해 주었다.

영화가 진행되는 동안 드는 밥값은 투자가 아닌 도움의 개념으로 이즈멜 그룹 측에서 전액 지불하기로 했다.

더불어 모든 회식비 일체는 내가 개인적으로 지불하겠다 약속했다.

큐 무비즈 측에서는 그러지 말라 만류했으나, 내 황소고집은 아무도 꺾을 수 없었다.

결국 그렇게 합의를 본 상황에서 영화가 진행되고 있는 것이다.

사실 영화를 촬영하는 과정은 내게 있어 매우 흥미롭게 다가왔다. 때문에 더욱 자주 현장을 찾고 싶은데, 그럴 여유가 없었다.

그러다 오늘 겨우 시간이 비었다.

하지만 현장으로 갈 수는 없었다.

오늘은 내 오랜 친구 오성이와 예슬이의 결혼식이기 때문이다.

한데, 어쩐 일인지 내가 사회를 보게 되었다.

사실 내가 얼마나 딱딱한 인간인지 잘 알고 있는 오성이인지라 내게 사회를 부탁하리란 생각은 못했다.

조금 더 재미있고 발랄한 친구를 부를 거라 생각했다.

그런데 왜 나를 부른 것인지 그 이유는 슬의 폭로로 밝혀졌다.

오성이는 친구가 나밖에 없었다.

어렸을 적부터 교우관계가 원만하지 못했던 그다.

대학에 입학하고 나서는 예슬이만 쫓아다닌다고 우정을 쌓지 못했다.

입사하고 나서 만난 사람들은 맘 터놓고 대할 만큼 오성이의 위치가 편하지 않았다.

그렇다 보니 결국 29년 평생에 친구라고는 내가 유일했던 것이다.

어쩔 수 없이 난 사회를 허락했고, 지금 오성이의 웨딩홀 안에서 마이크를 체크하는 중이었다.

식장의 매니저가 이제 2분 후에 식이 시작되니 준비하라 일렀다.

정확히 2분 후.

난 입을 열었다.

"바쁜 와중에도 제 친구 오성이의 결혼식에 와주신 모든 하객 여러분께 감사의 말씀 드립니다."

여기까지는 반응이 좋았다.

"신랑 입장."

그런데 신랑 입장하라는 말이 나오자마자 분위기가 이상해졌다.

다들 내게 뭔가 더 기대하는 눈빛이었다.

하지만 난 그다지 할 말이 없었다.

오성이도 당황했는지, 잠시 머뭇거리다가 어설픈 걸음으로 입장했다.

오성이가 주례선생님이 계시는 단상 아래 섰다.

"신부 입장."

화려한 웨딩드레스를 걸친 예슬이가 아버지 손을 잡고 오성이의 뒤를 이어 입장했다.

그러자 오성이가 두 사람을 바라보다 두 걸음 마중 나갔다.

한데, 예슬이 아버지는 잡고 있던 예슬이의 손을 오성이에게 넘겨주지 않았다.

그러자 좌중이 술렁거렸다.

"자, 장인어른?"

오성이가 호랑이를 앞에 둔 강아지처럼 바들바들 떨면서 장인어른을 불렀다.

그때 예슬이 아버지의 입술이 살짝 달싹였다.

혼잣말을 한 것이다.

그 소리가 워낙 작아 아무도 못 들었겠지만 난 확실히 들었다.

분명히 '씨팔'이라고 했다.

아마도 오성이가 어지간히 맘에 들지 않는 모양이다.

하지만 그건 그거고 딸자식이 태어나서 한 번 올리는 식장에서 욕설은 좀 아니었다.

아무도 못 들었기에 망정이지 누구 귀에라도 들어갔으면

당장 사달이 날 판이었다.

대체 오성이는 뭘 어쨌길래 장인 될 사람한테 저토록 밉보인 건지 모르겠다.

둘 사이에 낀 예슬이도 난처한 표정이었다.

"후우우."

예슬이 아버지가 심호흡을 깊이 했다.

분노를 억누르고 마음을 다스리는 것 같았다.

사위 될 사람의 얼굴만 마주해도 분노가 치밀어 오르는 상황이라니.

심각하군.

예슬이 아버지는 딸의 손을 뒤늦게 놓아주려 했다.

그런데 오성이가 타이밍 잘못 맞추고서 조급하게 말했다.

"장인어른 이제 내놓으시죠."

"……!"

예슬이 아버지의 부릅뜬 눈에 핏발이 섰다.

예슬이도 놀라서 아버지를 바라봤다.

"이, 이 덜 배워먹은 놈이!"

예슬이 아버지가 오성이의 머리채를 휘어잡았다.

"악! 자, 장인어른! 그게 아니라 제, 제가 말이 헛나와서……!"

그렇겠지.

헛나왔겠지.

오성이 깜냥에 저런 말을 어른에게, 그것도 조금 전까지 무서워서 달달 떨고 있던 상대에게 내뱉는 건 무리였다.

"이 빌어먹을 놈! 네놈 때문에 내 딸이 그 비싼 등록금 내고 대학 다니면서 늘 낙제점을 받은 것 아니냐!"

"아빠, 그만해요!"

"장인어른! 죄, 죄송합니다!"

"사돈! 왜 이러십니까! 제 아들 머리카락 다 빠집니다!"

"그쪽 머리 보니까 어차피 곧 빠질 것 같은데 미리 좀 빠지면 어때서!"

"지, 지금 말 다 하셨습니까!"

"그만들 좀 하세요!"

축하 받아야 할 식장의 분위기가 난리도 아니었다.

아무래도 예슬이 아버지는 예슬이가 대학을 헛다녔다는 사실에 분노하는 모양이다.

그리고 그 원인이 예슬이의 애인인 오성이에게 있으니, 모든 원망이 쏠리는 것 같았다.

그러고 보니 예슬이의 아버지는 내가 다녔던 정상고등학교의 이사장이었다.

'그래서 자녀 교육열이 이상하리만치 강했던 모양이군.'

이제야 왜 예슬이 아버지가 오성이를 그렇게 미워했는지 이해되었다.

하지만 그건 그거고 결혼식은 이래선 안 된다.

결국 수습은 내가 해야 될 판이다.

"그레이트 메모리 컨트롤."

난 식장에 있는 모든 사람의 기억을 조작하기로 했다.

내 입에서 시전어가 나오자 신랑 신부, 하객, 주례선생님 할 것 없이 일제히 눈에서 초점이 사라졌다.

"여태껏 여러분은 아름다운 결혼식을 보고 계셨던 겁니다. 장인어른과 사위의 싸움 같은 건 일어나지 않았습니다. 아울러 장인어른은 사위를 미워하지 않았던 겁니다. 항상 사랑으로 아껴주셨습니다. 오성이와 예슬이의 결혼식에도 흡족한 마음으로 참석하신 겁니다. 두 사람이 살아가는 데 공부는 그다지 중요하지 않습니다. 오성이는 이미 잘나가는 이즈멜 그룹 산하 기업의 대표입니다. 그런 사위 얻기가 쉬운 일이 아닙니다. 예슬이는 오성이만 믿으면 충분히 자기 인생을 즐기면서 살 수 있을 것이고, 장인어른은 그런 점이 특히 마음에 듭니다. 오성이 역시 여태껏 장인어른에게 미움받은 적이 없는 겁니다. 장인어른은 지금 오성이의 머리카락을 잡고 있는 게 아니라 더 단정해 보이도록 살짝 다듬어주신 겁니다."

예슬이 아버지가 내 말에 따라 산발이 된 오성이의 머리를 잘 다듬어주었다.

"오성이는 자기도 모르게 장인어른의 멱을 잡은 게 아니라 머리를 다듬어주신 답례로 옷매무새를 제대로 해드린 거고.”

　오성이 역시 예슬이 아버지의 멱을 쥔 손에서 힘을 뺐다.

　“예슬이는 그런 두 분의 모습이 아름답기만 하고, 오성의 아버지는 자리로 돌아가셔서 박수 치시죠. 기쁜 마음으로.”

　구겨져 있던 예슬이의 표정이 미소로 바뀌었다.

　오성의 아버지도 자리로 돌아가 신나게 박수를 쳤다.

　“모든 하객 여러분도 웃으세요. 신랑, 신부, 장인어른이 함께 한 이 아름다운 광결을 보고 박수 쳐주세요.”

　짝짝짝짝!

　식장이 박수 소리로 가득 찼다.

　“이제 제가 손가락을 튕기면 여러분은 제 입에서 나온 얘기들을 진실로 받아들이게 될 겁니다.”

　딱!

　손가락을 튕겼다.

　그러자 모두의 눈동자에 초점이 돌아왔다.

　자칫 엉망이 될 뻔했던 결혼식은 결국 무사히 끝을 맺었다.

　　　　*　　　　*　　　　*

2023년 8월.

드디어 공허의 외침이 촬영이 마무리되었다.

이제 영화를 편집하는 동안 개봉관 확보를 위해 애써야 한다.

그러나 이미 초환 그룹에서 손을 써둔 모양인지 개봉관이 영 잡히질 않았다.

이에 이즈멜 그룹과 트루39가 나섰다.

예전에는 대기업 하나를 쓰러뜨리기 위해선 임가영과 윤설희, 차인호, 그리고 장만욱과 내가 나서야 했지만, 지금은 상황이 다르다.

이즈멜 그룹과 트루39는 그 이름만으로도 전 세계가 경동하는 글로벌 기업이다.

이미 초환 그룹에서 손을 써둔 배급사들에게 이즈멜 그룹과 트루39는 대놓고 압박에 들어갔다.

앞으로 초환 그룹 편에 서는 배급사는 쥐도 새도 모르게 사라져 버리도록 만들 거라 엄포를 놓은 것이다.

그러자 배급사들이 모두 초환 그룹과의 관계를 부정했다.

누가 봐도 초환 그룹은 이즈멜 그룹과 트루39에게 안 된다.

어느 줄에 붙어야 할지는 머리가 달렸다면 계산하지 않아도 바로 답이 나온다.

결국 공허의 외침은 아무런 문제도 없이 배급되었다.

개봉일은 6월 8일 목요일.

이제 쇼타임까지 한 달이 남았다.

         *   *   *

공허의 외침은 흥행에서는 큰 재미를 못 볼 것이라는 게 평론가들의 시선이었다.

모든 영화 잡지에서도 이와 비슷한 평가를 내놓았다.

하지만 세상엔 언제나 변수가 존재하는 법이다.

바라는 대로 되지 않고, 바라지 않았던 일이 갑자기 터져버리는 게 세상이다.

이번에도 변수가 일어났다.

그것도 어마어마하게 큰 변수가 말이다.

초환 그룹에서 일하다 대표의 인척에게 맞아죽은 직원의 이야기를 다룬 공허의 외침은 개봉 당시에는 이슈가 될지언정 흥행에서는 부진한 모습을 보였다.

하지만 영화를 본 관객들의 평가가 하나같이 좋았다.

무작정 사회적 문제에 대해서만 토로하는 게 아니라 스토리와 작품성까지 놓치지 않아 삼박자를 두루 갖추었다는 것이 일괄된 평가였다.

소문이란 무섭다.

처음에는 영화를 본 몇몇 사람 사이에서만 회자되던 이야기가 빠르게 퍼져 나갔다.

첫 주 흥행 스코어 10만을 겨우 넘겼다.

그런데 둘째 주엔 총 관객수 70만을 돌파했다.

셋째 주엔 200만, 넷째 주엔 무려 500만이 넘었다.

그렇게 날개 돋힌 듯 흥행가도를 달리던 공허의 외침 최종 스코어는 놀랍게도 1,400만이었다.

요즘 흥행한다는 영화들도 천만을 넘기기란 어려운 일이다.

그런데 사회적 문제를 다룬 시사영화가 천만도 아니고 1,400만이라는 경이적인 기록을 세웠다.

이는 한국 영화 역사상 일곱 번째로 높은 스코어였다.

미디어의 힘은 대단했다.

영화가 흥행을 하자 돈으로 떡칠을 해서 묻히게 만들었던 초환 그룹의 부하직원 폭행 사건이 다시 대두되었다.

검찰에서는 이 일을 재수사했다.

이번에는 피해자 측에서 제시했던 증거와 증인들의 발언이 모두 정상적으로 참작되었다.

결국 몇 달간 이어진 재판에서 초환 그룹 대표 석초환의 조카 이세진은 패소했다.

아울러 이세진을 승소시키기 위해 석초환이 저질렀던 로비가 모두 드러나며, 이에 연관되어 있는 사람들이 전부 법의 심판을 받게 되었다.

피해자 가족은 비로소 억울하게 죽은 아들의 혼을 달랠 수 있게 됐다며 큐 무비스에게 감사의 인사를 건넸다.

그 과정 자체만으로도 단합된 민심으로 정의가 승리하는 눈물겨운 드라마였다.

이로써 초환 그룹은 엄청난 이미지 타격을 감당하지 못해 무너져 버렸고, 모든 일이 마무리되는 듯했다.

적어도 겉으로 보기에는 그랬다.

the Archmage Returns

제9장
복수의 끝

강남의 후미진 곳에 자리한 룸.

그 안의 수많은 방 중 한 곳에서 배가 불뚝 나온 중년의 남자가 여인 한 명을 옆에 끼고서 양주를 물처럼 마셔대고 있었다.

"오빠, 이러다 큰일 나. 그만 마셔."

웃음을 파는 여인은 남자를 말리는 듯했지만, 속으로는 더 마시기를 부추겼다.

눈이 점점 풀려가는 본새가 이대로 조금만 더 마시면 그대로 뻗어버릴 것 같았기 때문이다.

남자가 잠들어 버리면 여자도 편하다.

하지만 그는 쉽게 눈을 감지 않았다.

아니, 오히려 시간이 흐를수록 풀리던 눈이 제자리를 찾아 갔다.

술 먹다 술이 깨는 경우도 다 있나?

오랜 시간을 두고 마신 것도 아닌데?

여자는 어이가 없었으나 겉으로 내색하지 않으며 과일 안 주를 남자의 입에 넣어 주었다.

남자는 과일에 원수라도 진 양, 으적! 으적! 씹어댔다.

그의 온몸에서 지독한 분노가 자글자글 흘러나왔다.

"내… 절대로 가만두지 않아. 이즈멜 그룹 대표 하정우, 너!"

벼락처럼 소리친 남자가 손에 들고 있던 잔을 바닥에 내던 졌다.

쨍그랑!

"꺅!"

잔이 깨지는 소리와 여인의 비명이 어지럽게 뒤섞여 룸 안 을 울렸다.

"오빠, 왜 그래? 더 마시면 안 되겠다. 그만 마셔."

남자가 죽일 듯한 시선을 여인에게 던졌다.

"너 내가 누군지 알아? 나 알아, 몰라!"

"오늘 여기서 처음 봤는데 어떻게 알겠어?"

여자는 남자가 술 취해서 꼬장을 부린다고 생각했다.

하지만 아니었다.

남자는 지금 술기운에 이런 행동을 하는 게 아니다.

정신은 멀쩡했다.

지금 그를 난폭하게 만드는 건 아무리 술을 마셔도 해소할 수 없는 분노 때문이었다.

"나! 석초환이야, 석초환! 초환 그룹 대표 석초환! 그런데 그런 내가 이런 변두리 룸에서 술이나 처빨고 있단 말이야!"

"석초환……?"

그 이름 석 자를 듣자마자 여인의 뇌리에 영화 제목 하나가 떠올랐다.

'공허의 외침.'

바로 그 영화 속에서 용서받지 못할 악질로 표현되었던 인물이 석초환이었다.

물론 석초환의 본명이나, 그가 이끄는 초환 그룹의 이름을 그대로 집어넣진 않았지만, 이미 그 영화가 어떤 사건을 타깃으로 잡고 만들어졌는지는 언론에서 무수하게 떠들어댔다.

석초환을 바라보는 여인의 얼굴이 확 구겨졌다.

그러나 석초환의 시선이 여인에게 향하는 순간, 그녀의 입가엔 미소가 자리했다.

"그랬구나. 오빠 고생 많았겠다."

여인은 철저하게 사적인 감정을 숙이고서 석초환에게 교태를 부렸다.

"후우우우."

그에 석초환의 분노가 조금 다스려지는 듯했다.

하지만 다스리는 것과 해소하는 것에는 분명한 차이가 있었다.

석초환의 이 분노가 사라지려면 하정우, 그 인간이 죽지 않는 한 다른 방법이 없었다.

"하정우. 내가 너 반드시 죽인다."

석초환의 두 눈에서 살기가 번들거렸다.

*　　　*　　　*

초환 그룹은 부도가 나기 일보 직전이었다.

아마 이번 해를 넘기기 전에 부도를 막지는 못할 것이다.

하지만 그렇다고 석초환이 망하는 건 아니다.

그에겐 아직 따로 빼돌려 놓은 돈이 충분히 있었다.

돈을 빼돌리는 일쯤이야 석초환에겐 땅 짚고 헤엄치는 것만큼 쉬웠다.

석초환은 그중 삼억가량을 찾아 들고 춘천으로 향했다.

적은 돈으로 한 사람을 완벽하게 보낼 수 있는 방법은 주먹패를 이용하는 것이 최고다.

그게 석초환의 방식이었다.

사실 석초환에게는 그를 따르는 조직폭력배들이 있었다.

하지만 초환 그룹이 도산 위기에 처하며 모두 등을 돌렸다.

그들이 등을 돌리니 서울에 있는 다른 조폭들도 석초환을 모른 체했다.

그에 석초환은 춘천 바닥을 쥐고 있는 조폭들에게 의뢰를 하기로 했다.

삼억.

큰돈이다.

건달들이 충분히 욕심을 낼 수 있는 액수다.

석초환은 자신을 따르던 건달 중 한 명에게 물어 춘천 바닥을 잡고 있는 조직이 어디냐 물었다.

그 건달은 춘천이 아니라 강원도 바닥 전체를 불곰파 애들이 접수했다고 말했다.

그리고 불곰파와 접선할 수 있는 방책도 마련해 주었다.

'춘천 효자동에 사무실이 있다 그랬지.'

석초환이 내비게이션에 찍힌 주소로 차를 몰았다.

"여긴가?"

살짝 낙후된 빌딩 앞에 차를 세운 석초환이 입구로 들어섰다.

그러자 검은 양복을 쫙 빼입은 건달 두 명이 그런 석초환의 앞을 가로막고 섰다.

"어떻게 오셨습니까?"

"비켜, 이 새끼들아. 만식이 만나러 왔어."

건달들은 낯선 뚱땡이 중년이 자기들 형님을 함부로 부르는 게 영 아니꼬왔다.

하지만 너무 당연한 듯 하대를 하니 무작정 화를 낼 수도 없었다.

건달 중 한 명이 어딘가로 전화를 걸었다.

그리고 몇 마디를 중얼거리더니 길을 터주었다.

"들어가십시오."

"진작 그럴 것이지. 만식이 몇 층에 있냐?"

"오 층에 계십니다."

"알았다."

석초환이 엘리베이터를 타고 오 층으로 향했다.

굳게 닫혔던 철문이 열리자 짧고 좁은 복도가 드러났다.

복도 끝엔 커다란 나무문이 보였다.

문 양 옆엔 빌딩 입구에서처럼 건달 둘이 지키듯이 서 있었다.

엘리베이터에서 내린 석초환이 문 가까이 다가가자 오른쪽에 서 있던 건달이 노크한 뒤, 문을 열어주었다.

석초환이 거만하게 뒷짐을 진 채 불곰파 보스 최만식의 사무실로 들어섰다.

사무실 내부에는 온갖 비싼 가구들과 조형물로 도배가 되어 있었다.

최만식의 외모와는 전혀 매치가 안 되는 광경이었다.

"여~ 어서 오쇼. 댁이 석초환인가?"

최만식이 능글맞게 웃으며 소파로 다가왔다.

석초환은 그런 최만식의 태도가 마음에 안 들었지만 참고 넘겼다.

"거, 앉지?"

최만식이 소파의 상석에 앉은 뒤, 석초환에게 자리를 권했다.

석초환은 짜증이 가득 묻어나는 얼굴로 권한 자리에 엉덩이를 깔았다.

"그래, 부탁할 게 있어서 오셨다고?"

"말이 좀 짧다고 생각 안 하냐?"

석초환이 더 참지 못하고 쏘아붙였다.

최만식이 주먹 잘 쓰는 건달이긴 하지만, 지금 자신은 삼억을 들고 온 고용주다.

자그마치 삼억짜리 고용주란 말이다!

그런데 최만식은 삼억 따위 안중에도 없는 듯 안하무인이었다.

석초환이 버럭 소리를 지르자 최만식이 너털웃음을 터뜨렸다.

"허허, 거 성깔 있네. 역시 망했어도 한때 거대기업 대표였다 이거지?"

"후우. 그래, 넘어가자. 전화로 얘기했듯이 내가 의뢰할 일이 있다."

"뭔지 들어나 보고."

"한 명만 담귀췄으면 하는데."

"내 그럴 줄 알았지."

최만식이 짜증 가득한 얼굴로 귀를 후볐다.

그리고는 귓밥이 묻어난 새끼를 후~ 불더니 말했다.

"그냥 가."

"뭐?"

"우리는 불법적인 일 안 한다. 그러니까 가라."

"무슨 건달 새끼들이 합법, 불법을 따져! 삼억 준다고! 돈 벌기 싫어?"

"그따위 돈 필요 없으니까 그냥 가라고."

"야, 이 새끼야!"

쾅!

석초환이 테이블을 주먹으로 세게 쳤다.

그에 최만식의 눈가가 파르르 떨렸다.

"하, 하하하. 너 지금 꼬장 부리는 거냐?"

"뭐, 인마! 너 내가 누군지 몰라서 이래?!"

"알지. 석초환이. 얼마 전까지는 초환 그룹 대표. 근데 지금은 그냥 배 나오고 키 작은 뚱땡이잖아. 삼억? 그걸로 열심히 투자해서 재기나 해라. 괜히 까불다가 비명횡사 당하지 말고."

"이 근본도 없는 건달 새끼가 뭐라고 씨부리는 거야!"

"야, 초환아."

"이, 이⋯⋯!"

석초환이 눈을 부릅떴다.

그 순간, 최만식의 솥뚜껑 같은 손이 확 날아들어 석초환의 멱을 휘어잡았다.

"너 까불다 죽는다."

최만식이 한마디 한마디를 씹어 뱉었다.

어지간한 사람이라면 당장 얼어붙어서 달달 떨었을 것이다.

하지만 석초환도 어지간한 인간은 아니었다.

"죽여봐, 이 개새끼야. 나 석초환이! 절대로 혼자 죽지 않을 테니까!"

그는 최만식의 시선을 피하지도 않고 똑바로 바라보며 제 할 말을 다 했다.

패기 넘치는 석초환의 모습에 최만식이 눈에서 힘을 빼고 크게 웃었다.

"푸하하하하하하! 이거 강단은 있는 놈이네."

최만식이 석초환의 멱을 놓고 소파에 몸을 깊이 묻었다.

"그래, 알았다. 한번 들어나 보자. 여기까지 왔는데 아무 말도 못하고 가면 억울해서 밥 먹고 똥이나 싸겠냐. 말해봐. 물론 내가 네 부탁 받아들일 거란 생각은 말고."

"하정우."

"……뭐?"

최만식의 눈매가 다시 날카로워졌다.

"그놈 하나만 죽여. 그러면 삼억이 다 네 거야."

"하… 그러니까. 하정우를 죽여달라고?"

"그래."

"그럼 삼억을 준다고?"

"그래, 그래! 이제야 말이 좀 통하네!"

석초환이 드디어 기분 좋게 웃었다.

최만식도 그런 석초환을 따라 사납게 미소 지었다.

하지만 최만식의 속은 부글부글 끓고 있었다.

하정우가 누구인가?

뒷세계에서 완전히 무너져 죽을 뻔한 최만식을 살려주고 춘천 바닥은 물론 강원도 전체를 불곰파 손에 갖다 넣어준 은인이다.

최만식이 평생을 살아도 다 갚지 못할 은혜를 하정우에게 입었다.

그런데 지금 석초환이 그런 하정우를 죽여달라 말하고 있었다.

빠드득.

최만식이 이를 갈았다.

꽉 쥔 그의 양 주먹에 힘이 들어갔다.

뭣도 모른 채 웃고 있던 석초환은 갑자기 변해 버린 최만식의 기도에 흠칫 놀라 안색이 굳었다.

"뭐야, 또?"

석초환이 물었다.

최만식은 대답 대신 앞에 놓여 있던 재떨이를 들어 그대로 집어 던졌다.

빠악!

"아악!"

쏜살같이 날아간 재떨이가 석초환의 이마를 정통으로 가격했다.

석초환의 이마가 터져 나가며 붉은 피를 주르륵 흘렸다.

석초환은 갑작스런 충격에 뭐가 어떻게 된 건지 정신도 차리지 못했다.

그런 석초환의 콧잔등에 최만식의 주먹이 제대로 꽂혔다.

빽!

"어억!"

석초환이 뒤로 죽 날아가 바닥에 널브러졌다.

털푸덕!

"너, 너 이 새끼… 이게 뭔 개짓거리야!"

석초환은 태어나서 지금껏 단 한 번도 누군가에게 이토록 맞아본 적이 없었다.

제법 유복한 가정에서 태어나 남다른 사업 수완으로 스물

셋에 유망한 중소기업 사장이 되었고, 그다음 초환 그룹을 일으켜 늘 다른 사람들의 머리 위에서 살아왔다.

그가 다른 사람을 때리면 때렸지, 맞는 건 상상도 못 할 일이었다.

그런데 그런 일이 지금 최만식의 사무실에서 벌어지고 있었다.

몸을 벌떡 일으킨 석초환에게 최만식이 성난 황소처럼 달려들었다.

최만식은 석초환의 코앞에 다다르자 발로 복부를 냅다 밀어 찼다.

그 바람에 석초환은 또 다시 바닥에 뒹구는 수모를 당해야 했다.

"으아아아아!"

열이 바짝 오른 석초환이 괴성을 내질렀다.

하지만 그런다고 상황이 나아지는 건 아니었다.

아니, 오히려 최만식의 화를 더 돋우는 꼴이 되었다.

"어디서 입을 쩍쩍 벌려, 개새끼가!"

최만식이 쓰러진 석초환의 옆구리를 걷어찼다.

퍽!

"커헉!"

석초환은 오장육부가 다 뒤집어지는 고통에 눈을 까뒤집었다.

하지만 그건 시작에 불과했다.

"너 이 씨팔놈아. 오늘이 네 제삿날인 줄 알아!"

한껏 으름장을 놓은 최만식이 온몸을 사정없이 짓밟기 시작했다.

퍽! 퍽! 퍽! 퍽! 콰직!

"아악! 악! 끄아아아악!"

석초환은 계속해서 비명을 질러댔다.

"죽어! 죽어, 이 새끼야!"

"이이익!"

속절없이 두들겨 맞기만 하던 석초환이 갑자기 눈에 불을 켰다.

그가 무식하게 날아들던 최만식의 발목을 낚아채서는 몸을 확 일으켰다.

"어어?"

최만식이 비틀거리며 뒤로 물러났다.

"으아압!"

석초환은 있는 힘을 다 짜내서 최만식을 밀어붙이려 했다.

누가 봐도 그 상황은 최만식이 뒤로 넘어져야 정상이었다.

역시나 최만식의 상체가 급격히 지면을 향해 내려갔다.

석초환은 상황을 반전시켰다고 생각했다.

한데 최만식의 몸이 완전히 땅에 닿기 전, 아직 디디고 있는 반대쪽 발에 힘을 잔뜩 넣더니 탕! 하고 굴렀다.

넘어지던 최만식의 육중한 몸뚱이가 허공으로 탁! 튀어올랐다.

예상 못한 상황에 석초환이 놀라는 사이, 최만식의 반대쪽 발이 목으로 날아들었다.

퍽!

"어억!"

석초환의 목이 확 꺾였다.

목을 따라 상체가 같이 꺾였다.

그 상태로 석초환은 바닥에 또 한 번 쓰러졌다.

쿠당!

"으어어……."

이번 것은 데미지가 심각했다.

석초환이 제대로 움직이지도 못한 채 움찔거렸다.

하지만 최만식은 거기서 멈출 생각이 추호도 없었다.

감히 최만식에게 있어서 가장 소중한 존재인 하정우를 죽여달라고 했다.

"이 씨팔놈이, 누굴 죽여달라고? 우리 큰형님을 죽여달라고?!"

퍽퍽퍽퍽퍽!

최만식은 석초환의 숨통을 끊어 놓으려는 사람마냥 무식하게 짓밟아댔다.

한편, 아무 저항도 못한 채 호되게 얻어맞던 석초환은 일이

꼬여도 단단히 꼬였음을 뒤늦게 알아챘다.

'하정우가 큰형님이라고? 그 어린 게? 뭐, 이따위 개족보가…… 발악을 해도 일이 풀리지 않는 것이 내가 망하려나 보구나.'

석초환은 이제 자포자기하는 심정이 되었다.

이미 몸은 만신창이가 되었다.

사지의 뼈마디가 부러졌고, 치아는 거의 다 뽑혔다.

얼굴은 깨진 머리에서 흘러내린 피로 피칠갑을 했다.

그런데도 최만식은 구타를 멈추지 않았다.

퍼퍼퍼퍼퍼퍽!

석초환의 귀로 몸이 짓밟히는 소리는 들리는데, 고통은 느껴지지 않았다.

정말 위험한 순간에 직면한 것이다.

그때, 사무실 문이 덜컥 열리며 건달 셋이 뛰어 들어왔다.

불곰파 넘버 투 안내진, 넘버 쓰리 유태민, 행동대장 지태권이었다.

사무실 문 앞을 지키고 있던 건달들이 형님이 저러다 사람 하나 잡겠다고 그들에게 이른 것이다.

"형님! 고정하세요!"

"이러다 정말 죽습니다!"

안내진과 유태민이 한마디씩 하며 최만식을 뜯어말렸다.

지태권은 입을 꾹 다문 채, 최만식의 정면에 서서 허리를 감싸 안았다.

"이거 봐! 내 오늘 저 새끼를 아주 죽여 놓아야 성이 풀리겠다!"

"형님!"

"저놈이 뭐라 그랬는지 알아? 씨팔, 큰형님 목 따오면 삼억을 준단다!"

"……네?"

최만식을 말리던 안내진의 미간이 확 구겨졌다.

유태민과 지태권도 마찬가지였다.

"그래서 내가 저 호로개잡놈을 죽여야겠다 이 말이야!"

"형님! 잠깐만요."

"말리지 마라."

"형님 심정 충분히 이해합니다! 저도 저 새끼 죽이고 싶어요! 그런데 저 버러지 같은 놈 죽이고 나서 정우 형님 얼굴 볼 자신 있으세요?"

"……."

그 말에 최만식의 폭주가 멎었다.

정우는 불곰파에게 불법적인 일은 하지 말라 일렀다.

함부로 사람 죽이는 일도 하지 말라 그랬다.

이를 지키지 못할 시, 불곰파를 그 즉시 춘천 바닥에서 사라지게 만든다고 엄포를 놓았다.

최만식이 화를 꾹꾹 눌러 참다가 크게 한숨을 쉬었다.

"하아아아아."

"형님, 이제 괜찮으십니까?"

"괜찮아."

"그나저나 저 새끼 빨리 병원 데려가지 않으면 죽겠는데요?"

"씨팔, 병원엘 왜 데려가? 저거 지금 데려가도 죽을 거다."

"그럼요?"

"큰형님 모셔서 직접 마무리 짓게 하셔야지."

"네에? 우리 선에서 끝내는 게 낫죠. 뭘 그렇게까지······."

"그게 맞아. 큰형님 목 따달라고 찾아온 놈이야. 게다가 지금 저놈 살릴 수 있는 사람··· 큰형님밖에 없다. 얼른 전화해."

"알겠습니다."

안내진이 다급히 스마트폰을 꺼내 정우에게 전화를 걸었다.

신호음이 몇 번 가지 않아 정우의 음성이 들려왔다.

―무슨 일이냐.

"형님, 좀 와보셔야겠습니다."

―그러니까 무슨 일인데.

"석초환이 잡았습니다."

―석초환이를? 어떻게?

"제 발로 기어들어 왔습니다. 우리가 큰형님이랑 어떤 관계인지 모르고서 살인교사를 하려 들더군요."

─그래? 그놈 지금 어떻게 됐어?

"죽을 동 살 동 합니다. 빨리 오지 않으시면 죽을지도 모르겠습니다. 만식 형님이 확 돌아서 제대로 밟아놨거든요."

─알았다. 전화 끊어.

"네, 큰형님."

the Archmage Returns

제10장
겹경서

　통화가 끝난 지 십수 초도 지나지 않아 정우는 사무실에 도
착했다.

　아니, 정확하게 말하자면 사무실의 빈 공간에서 갑자기 모
습을 드러냈다.

　텔레포트 마법으로 공간 이동을 해버린 것이다.

　하지만 사무실 내부에 있던 그 누구도 정우의 등장에 놀라
지 않았다.

　이미 그들은 정우가 어떠한 능력을 가진 사람인지 잘 알고
있기 때문이다.

　"큰형님! 오셨습니까!"

"오셨습니까, 큰형님!"

최만식이 허리를 구십 도로 꺾으며 인사하자, 다른 건달들도 똑같이 허리를 굽혔다.

정우는 그들의 인사는 받지도 않고 피떡이 되어 있는 석초환부터 살폈다.

"저놈이냐."

"네, 큰형님."

정우가 석초환에게 가까이 다가갔다.

그리고는 쪼그려 앉아 경동맥을 짚어보더니 고개를 끄덕였다.

"정말 곧 죽겠군."

"살릴 수 있겠습니까?"

최만식이 찔끔해서 물었다.

"충분히."

간단하게 대답한 정우가 시전어를 외쳤다.

"큐어."

큐어는 힐링보다 더욱 강한 7서클 회복 마법이다.

정우의 손에서 환한 빛이 일었다.

그 빛은 곧 석초환의 몸으로 흘러 들어갔다.

"와아……."

지태권이 저도 모르게 감탄했다.

정우의 마법은 볼 때마다 놀라웠다.

몇 번을 봐도 도무지 익숙해지지가 않았다.

세상에 현대를 살아가는 사람이 마법을 사용한다는 게 말이 되는가?

그런데 정우는 그러한 기적을 몇 번이고 건달들 앞에서 행했다.

부러졌던 석초환의 뼈마디가 다시 붙었다.

터졌던 살들이 아물고, 전신 가득했던 부기가 빠져나갔다.

시퍼렇던 두 눈의 멍도 사라졌다.

삼분의 이 이상이 뽑혀 버린 치아를 제외하면 다른 부위는 완벽하게 치료가 되었다.

큐어 마법으로 상태가 호전되니 석초환은 겨우 정신을 차렸다.

"으음……."

눈을 꿈뻑꿈뻑거리며 주변을 살피던 석초환이 정우를 보고서는 크게 놀랐다.

"하, 하정우!"

"우린 초면이지?"

"너, 너 이 새끼!"

석초환의 입에서 욕설이 튀어나왔다.

그 순간 정우의 주먹이 번개처럼 뻗어 나갔다.

퍽!

"컥!"

사경을 헤매다 가까스로 깨어난 석초환이었다.

그런데 방금 그 주먹질 한 방으로 다시 사경을 헤맬 지경이었다.

이건 최만식의 주먹과는 차원이 달랐다.

맞고 난 이후에도 한참 동안 눈앞이 까맸고, 정신이 아찔했다.

다음에 한 대 더 맞으면 그대로 죽을지도 모르겠단 생각이 들었다.

사람은 본능적인 공포 앞에서 약해지는 법이다.

최만식에게 그렇게 맞고서도 몸이 치유되고 나니 기세등등했던 석초환이었지만 지금은 저도 모르게 꼬리가 말려 들어갔다.

석초환의 눈에 공포가 어렸다.

정우는 이를 확인했다.

겁을 집어먹었으면 이미 게임 끝이다.

"석초환."

정우의 입에서 석초환의 이름 세 글자가 흘러나왔다.

석초환이 자기도 모르게 몸을 움찔거렸다.

"대답해. 석초환."

"그냥 죽여."

석초환이 마지막 남은 용기를 모두 짜내서 강하게 밀어붙이려 했다.

하지만 쓸데없는 모험은 매를 번다.

빠악!

"꺼억!"

정우의 장근이 석초환의 늑골을 후려쳤다.

단 한 방에 뼈 몇 대가 그대로 나가 버렸다.

"끄어… 커허!"

석초환이 숨도 제대로 쉬지 못하고서 몸을 웅크린 채 괴로워했다.

"지금부터 묻는 말에만 대답해라. 그리고 반말 하면 정말로 죽는다."

정우의 말에는 힘이 있었다.

누구든 정우의 입에서 나오는 죽인다는 소리를 단순한 협박으로 듣지 못했다.

석초환 역시 마찬가지였다.

평소의 그라면 비굴하게 사느니 차라리 죽겠다며 발악했을 것이다.

하지만 지금은 비굴이고 뭐고 따질 상황이 아니었다.

아무것도 모른 채 그냥 확 죽어버렸다면 모르겠으나, 정우는 그에게 고통에 대한 공포를 뇌리 속 깊이 심어주었다.

"대답해."

"아, 알았… 습니다."

석초환의 입에서 당장 존댓말이 흘러나왔다.

"날 죽이려 했다고?"

"…네."

"왜?"

"……"

석초환이 대답 못하고 머뭇거렸다.

그 순간 정우의 주먹이 또 뻗어 나갔다.

뻑!

"악!"

석초환이 명치를 움켜쥐고 데굴데굴 굴렀다.

"대답이 느려도 맞는다. 다시 묻지. 왜 날 죽이려 했지?"

"부, 분해서 그랬습니다."

"뭐가?"

"이즈멜 그룹이 나서는 바람에 영화가 개봉되었고, 그로 인해서 우리 회사는 도산했습니다."

"그게 그렇게 분하고 억울했어?"

"억울했습니다."

"그럼 네 조카한테 맞아 죽은 초환 그룹 직원은? 그 사람의 가족은? 얼마나 억울하고 분했을까. 아마 법이 없었다면 당장 네 조카 놈 찢어 죽이고 싶었을 거야. 그치?"

"……"

"대답 안 하지?"

"그, 그럴 것 같습……!"

정우의 살기에 화들짝 놀란 석초환이 반사적으로 입을 열었다.

그러나 이미 늦었다.

빡!

정우의 주먹이 석초환의 왼쪽 어깨를 때렸다.

"끄어……!"

석초환은 왼팔에 힘이 쫙 빠지는 걸 느꼈다.

속에서 우드득! 하는 소리가 들린 것으로 보아, 어깨뼈는 이미 가루가 된 모양이었다.

정우는 석초환이 괴로워하든 말든 신경 쓰지 않았다.

"그만 낑낑대고 하던 대답 마저 해."

"그, 그럴 것 같습니다."

"뭐가 그럴 것 같아?"

"네… 네?"

빡!

"아악!"

이번엔 오른쪽 허벅지 뼈가 아작 났다.

"정신 똑바로 차리고 대답해. 내 질문 잘못 들어도 한 대씩 얻어터진다."

"아, 알겠습니다."

정우의 악마 같은 모습을 뒤에서 지켜보던 최만식 일행이 바들바들 떨었다.

그들은 지금 석초환의 기분이 어떨지 충분히 짐작할 수 있었다.

정우가 작정하고서 사람을 괴롭히기 시작하면 답이 안 나온다.

낮은 목소리로 이것저것 조곤조곤 따지고 물어가는데, 반말하거나, 대답이 없거나, 딴소리하거나, 반문할 때마다 사지의 곳곳이 아작 나버린다.

정말 이럴 때 정우를 보면 악마가 따로 없었다.

"다시 묻는다. 뭐가 그럴 거 같은데?"

"저, 정말 힘들고 원통하고 분해서 제, 제 조카를 죽이고 싶어할 것 같습니다."

"그렇지?"

"네."

"그럼 죽어야지."

"…네?"

"그리고 그런 조카 감싸주고 오히려 피해자 가족을 명예훼손죄로 맞고소한 너도 죽어야지."

석초환은 차라리 안도했다.

이렇게 고통스러울 바엔 그냥 여기서 죽는 게 더 나을 테니까.

하지만 다음 순간 정우의 입에서 나온 한마디는 그를 절망의 나락으로 떨어뜨렸다.

"아니, 죽이는 건 너한테 너무 과분한 처사군. 그냥 사지를 다 잘라 버린 다음 평생 불구로 살게 하는 게 낫겠어."

"하, 하 대표님! 사, 살려주십시오! 살려주십시오!"

"누가 죽인다 그랬나? 네 바람대로 살려는 줄 거야."

"아, 아니, 차라리 죽여주십시오!"

"싫다고 했다."

"하 대표님! 제발! 제바아아아알!"

석초환이 대리석 바닥에 머리를 마구 찍어댔다.

꽝! 꽝! 꽝! 꽝!

석초환의 머리가 깨지며 피가 줄줄 흘러내렸다.

"제바아알… *끄흐으으윽*……!"

석초환이 결국 눈물을 흘렸다.

정우는 그런 석초환을 무감정하게 바라보았다.

"석초환."

"*끄흐흑*… 네."

"경고하는데 앞으로 한 번만 더 내 눈에 띄거나 못된 짓거리 꾸미다 걸리면 죽는 것보다 더한 고통을 느끼게 될 거다."

"아, 알겠습니다."

"만식아."

"네, 큰형님!"

"이놈 내다버려."

"알겠습니다! 얘들아!"

최만식의 부름에 안내진, 유태민, 지태권이 석초환을 밖으로 끌어냈다.

사무실엔 정우와 최만식 둘만 남게 되었다.

"형님, 역시 화끈하십니다."

최만식이 바로 정우에게 아부를 떨었다.

"만식아."

"네, 큰형님."

"아무리 화가 나도 사람 죽이면 안 된다."

"명심하겠습니다."

"그리고 고맙다."

"…네?"

"세상에 날 욕보인다고 그렇게 눈 돌아가서 난리쳐 줄 인간이 몇이나 있겠냐."

"큰형님……."

정우가 원체 칭찬을 잘 하지 않는 타입인지라, 최만식은 벅찬 감동에 젖어 눈물까지 글썽였다.

최만식이 몰래 눈을 훔쳤다.

정우는 그런 최만식의 어깨를 툭툭 두들겨 주었다.

최만식이 마저 눈물을 닦아낸 뒤, 헤헤 웃으면서 앞을 바라보았다.

그런데 이미 그 자리에 정우는 모습을 감추고 없었다.

그때 나갔던 안내진 일행이 사무실 안으로 들어왔다.

안내진이 눈가가 촉촉해진 최만식을 멍하니 바라보다 물었다.

"형님. 우셨습니까?"

"우, 울긴 누가 울어! 석초환이는 잘 처리했어?"

"네. 얼마나 무서웠는지 오줌까지 지렸더라구요. 더러워서 원. 바닥 한 번 닦아야겠습니다."

안내진의 말을 유태민이 이어 받았다.

"아마 이제 두 번 다시 까불지 못할 겁니다, 형님."

"그래, 알았다. 바닥이나 청소해라. 지린내 난다."

"알겠습니다."

*　　*　　*

석초환의 일을 해결하고 난 뒤 집으로 왔다.

오늘은 일요일이라 하루 종일 널널했다.

난 전부터 아무리 바빠도 주말은 반드시 쉬었다.

사람이 일이 없어도 문제지만 늘 일에만 파묻혀 지내는 것도 문제다.

때문에 슬과 나는 주말엔 늘 붙어 지냈다.

평일에는 서로 바쁘니 데이트를 즐길 시간이 없었다.

그래서 주말이 더욱 소중했다.

못 봤던 영화도 보고, 밖에 나가서 외식도 하고, 술도 한잔하는 그 행복한 시간들이 모두 주말에 이루어졌다.

오늘도 슬과 둘이서 간단히 술이나 한잔할까 하던 차였다.

그런데 강진이에게서 전화가 왔다.

"강진아, 오랜만이다."

ㅡ그래. 잘 지냈냐?

"나야 늘 잘 지내지. 너는?"

ㅡ나는 드디어 잘 지내기 시작한다.

강진이는 지금 트루39에서 열심히 일을 하고 있다.

녀석의 실력은 워낙에 출중해서 들어오는 것만으로도 회사에 큰 도움이 되었다… 라고 장 이사가 말했었다.

게임회사에 입사하자마자 팔방미인처럼 여러 분야에서 두각을 드러내며 지대한 도움을 준 덕에 고공승진은 거의 정해진 것이나 다름없는 강진이었다.

이미 직장이 생긴 시점부터 인생이 트이기 시작했는데, 드디어 잘 지낸다는 건 무슨 말인지 모르겠다.

내가 대답을 않고 생각에 잠기자, 답답함을 이기지 못한 강진이가 알아서 말을 꺼냈다.

ㅡ나 지린 누나랑 사귄다!

"지린이랑?"

ㅡ그래. 너무 앞으로 지린이 지린이 하지 말고 제수씨라고 불러. 나이도 어린 게, 쯧.

강진이가 답지 않게 어깃장을 놓았다.

그런 녀석의 행동이 귀여웠다.

아무튼 지린이 강진이와 연애를 하게 되었다는 것은 곧 그녀의 커다란 고민이 해결되었다는 얘기다.

한마디로 어스 뱅가드를 그만둔 것이다.

그녀의 성격상, 어스 뱅가드를 그만두지도 않은 상황에서 강진이와 연애를 할 리 없었다.

"아무튼 축하한다."

—말로만?

"나중에 축하주 사줄게."

—나 춘천이다.

"뭐?"

—지린 누나 집이 춘천에 있잖아. 일주일째 여기서 같이 지냈다.

"그래? 지린이 집이 춘천에 있었어?"

—뭐야, 너 몰랐어?

"응."

—막역한 사이 같았는데 그런 것도 몰랐다고?

"몰랐어."

—ㅎㅎㅎㅎ.

"왜 웃어?"

—아니, 괜히 이긴 것 같아서.

"싱거운 놈."

―당장 나와!

"근데 언제부터 사귄 거야?"

―오늘부터.

"그런데 일주일을 같이 지냈다고?"

―요즘 같은 시대에 무슨 구시대적 발상이야? 그럴 수도 있는 거지.

"알았다. 어디서 볼까?"

―난 춘천에서는 나루또가 가장 좋더라. 거기서 보자.

"그래."

강진이와 통화를 마치니 내일 찬거리를 준비하던 슬이 부엌에서 나와 내게 물었다.

"강진이야?"

"응."

"오고가는 말 들어보니까 지린 언니랑 연애하게 된 것 같던데."

"그렇다네?"

"잘 됐다. 두 사람 잘 어울려."

"그렇지? 준비하고 나가자. 축하주 섭섭지 않게 사줘야겠어."

"응. 좋아. 얼른 준비할게."

*   *   *

오래간만에 만난 지린은 그전과 분위기가 확 달라져 있었다.

그녀는 늘 웃고 있어도 어쩐지 어둠이 드리워져 있는 것처럼 보였다.

한데 지금은 그 어둠이 깨끗하게 걷혀져 있었다.

"강진이 능력이 대단하네."

내 칭찬에 정신없이 술을 퍼마시고 있던 강진이가 씩 웃었다.

"당연하지."

"정우야. 강진이가 언제 가장 대단한지 알아?"

지린이 대뜸 물었다.

"언젠데?"

"밤에. 후훗."

지린이 그리 말하며 강진이의 어깨를 애교스럽게 툭 쳤다.

강진은 콧대를 잔뜩 세우고서 으스댔다.

그 모습이 재밌는지 슬이 쿡! 하고 웃었다.

이후로도 지린과 강진이는 서로의 칭찬을 릴레이처럼 이어 나갔다.

술자리는 갈수록 화기애애해졌다.

지린의 티 없이 밝은 모습이 정말로 보기 좋았다.

the Archmage Returns

제11장
또 한 번의 도약

2024년 4월.

드디어 영화 이즈멜 전기가 전국에 개봉되었다.

이미 이즈멜 전기는 웹툰과 게임으로 전 세계에 홍보가 많이 된 이후였다.

때문에 영화도 어렵지 않게 수출이 되었다.

이즈멜 전기의 반응은 폭발적이었다.

이미 첫 주에 백만 이상의 관객을 끌어모았다.

인터넷이나 영화잡지에 올라오는 평가도 하나같이 좋았다.

흑평은 찾아보기가 힘들 정도였다.

이즈멜 전기는 하루하루 시간이 흐를 때마다 한국 영화의 모든 개봉 역사를 갈아치워 나갔다.

개봉한 지 한 달이 지나는 시점에서는 이미 천만을 넘어 버렸다.

한 달 보름이 지났을 땐, 공허의 외침이 세웠던 기록인 1,400만 명을 돌파했다.

큐 무비스에서 자신들이 세운 기록을 스스로 깨버린 셈이다.

정말 이건 이즈멜 전기 신드롬이라고밖에 말할 수 없는 상황이었다.

이제는 이즈멜 전기를 보지 않은 사람과는 대화가 안 될 정도였다.

개그맨들도 이즈멜 전기에 나오는 여러 가지 이야기와 소재들, 캐릭터를 가지고 개그 코너를 짜기도 했다.

이즈멜 전기를 기본 네다섯 번 이상 극장에서 보는 이들도 수두룩했다.

이즈멜 전기의 최종 스코어는 이천만!

아무도 예상하지 못했던 드림 스코어가 터졌다.

영화계에 잭팟이 터졌다.

큐 무비스는 이제 명실상부 최고의 영화 제작사가 되었다.

게다가 이미 이즈멜 전기2의 촬영을 준비하는 중이었다.

이즈멜 전기2는 이번에 개봉한 1보다 더욱 탄탄한 시나리

오와 거대한 스케일을 자랑한다.

전작을 넘어서면 넘어섰지, 그보다 떨어지는 영화가 될 리 만무했다.

이를 주변의 큰손들이 알고서 너도나도 투자를 하기 시작했다.

큐 무비스 사람들은 벌써부터 큰 기대에 젖어 하나같이 입이 귀에 걸렸다.

＊　　　＊　　　＊

케이프로덕션은 오십 년의 역사를 자랑하는 유서 깊은 애니메이션 제작사다.

그 옛날 가슴에 V자를 단 로봇이 나와 활약하던 만화를 만들 때부터 존재해 왔던, 그야말로 한국 애니메이션 역사의 산증인과도 같았다.

사실 한국 애니메이션 시장은 갈수록 축소되고 있었다.

십여 년 전까지만 해도 세계를 주름잡는 애니메이션 회사는 일본과 미국밖에 없었다.

하지만 그 세계 시장에 케이프로덕션이 당당히 출사표를 내던졌다.

결과만 따지고 보자면 한국에서 만든 TV용 장편 애니메이션이 세계 40여 곳에 수출이 되면서 괜찮은 성적을 올렸다.

케이프로덕션의 이름도 당연히 널리 알려졌다.

그 이후에 잡는 작품들도 하나같이 큰 성과를 가져다주었다.

하지만 결정적으로 한 방을 크게 떠뜨릴 이른바 '대작'이 잘 걸리지 않았다.

물론 한국 시장에서만 겨우겨우 살아가는 다른 애니메이션 회사에 비하면 이미 케이프로덕션은 세계시장에서 인정받으며 크게 성장한 것 자체만으로도 대박기업이었다.

하나, 케이프로덕션의 김태현 대표는 만족할 수가 없었다.

이미 대작을 위한 모든 시스템은 다 구축해 놓았다.

뛰어난 작화가들과 피디들, 그리고 기획자들이 케이프로덕션 내에는 넘쳐흘렀다.

좋은 작품을 해외로 마음껏 유통시킬 수 있는 경로도 오래 전에 확보되었다.

그런데 딱 하나.

대작의 기운을 스멀스멀 풍기는 작품이 보이지가 않았다.

그러던 와중 김 대표는 우연한 기회에 이즈멜 전기라는 영화를 보게 되었다.

바로 이즈멜 전기라는 영화였다.

김 대표는 이 영화를 보고 적잖은 충격을 받았다.

한국에서도 드디어 이런 영화의 제작이 가능하구나! 라는 느낌을 받았던 것이다.

아울러 좋은 영감이 떠올랐다.

딱!

자신의 의자에 앉아 이즈멜 전기에 대해 회상하던 김 대표가 손가락을 튕겼다.

"이거야! 바로 이거라고!"

김 대표는 이즈멜 전기에서 해답을 얻었다.

"이즈멜 전기를 애니메이션으로 만드는 거야."

처음에는 이즈멜 전기의 이야기가 너무 좋아서 단순히 대박을 칠 수 있을 거란 막연한 생각으로 접근했다.

한데 이즈멜 전기에 대해 조사하다 보니 이게 어마어마한 컨텐츠라는 걸 알게 되었다.

이미 원작은 웹툰으로 존재했고, 그것을 가상현실 게임으로 만들어 전 세계에 서비스하고 있었다.

"그럼 이거… 홍보는 알아서 다 된 셈이잖아?"

이즈멜 전기는 웹툰, 게임, 영화, 그 모든 분야에서 어마어마한 성공을 일궈냈다.

"이제 내가… 애니메이션으로 만들어서 히트 치면 되는 거네?"

김 대표는 이 프로젝트를 진행할 경우 분명히 성공할 거란 확신이 들었다.

기회다!

이건 하늘이 내게 준 기회다!

케이프로덕션에 날개를 달아줄 기회다!

그런 예감이 쉬지 않고 김 대표의 중추신경을 자극했다.

꽉 쥔 그의 두 손에 땀이 찼다.

머릿속에서는 계속 아드레날린이 분사되었다.

김 대표는 당장 이즈멜 전기의 원작자가 누구인지 조사했다.

그런데 놀랍게도 원작자는 한국 최고기업 이즈멜 그룹의 대표 하정우였다.

"이즈멜 그룹의 대표란 말이지… 좋아."

김 대표는 무언가를 계획하면 바로바로 실행하는 성격이다.

그가 재킷을 걸치고서 사무실 밖으로 나왔다.

그리고 차를 몰아 당장 춘천으로 향했다.

*　　　*　　　*

정우는 애니메이션 회사 대표의 갑작스런 방문에도 당황하지 않았다.

오히려 당연히 그럴 줄 알았다는 듯 바쁜 와중에도 짬을 내서 그와 근처 카페로 자리를 옮겼다.

작은 테이블에 자리를 잡고 앉은 두 사람.

김 대표가 너털웃음을 터뜨렸다.

"마치 전부터 저랑 만날 약속이 되어 있었던 것처럼 행동하시네요?"

"저도 애니메이션 사업에 관심이 많습니다. 그래서 무슨 얘기를 하러 오신 건지 만나보고 싶었습니다. 다른 사람이었다면 그냥 돌려보냈겠죠."

"그렇군요. 애니메이션 분야에 관심이 많으시다니. 아주 좋네요."

"절 찾아온 용무에 대해 말씀해 주시죠."

"애니메이션 회사 대표가 무슨 용무로 왔겠습니까?"

"이즈멜 전기 때문입니까?"

김 대표가 크게 고개를 끄덕였다.

"네. 우리 케이프로덕션에서는 이즈멜 전기를 애니메이션화하고 싶습니다. 이미 케이프로덕션은 세계적으로 이름있는 애니메이션 회사입니다. 반드시 이즈멜 전기를 크게 성공시켜 보이겠습니다. 자신있습니다."

김 대표는 정우가 어느 정도 고민을 할 줄 알았다.

하지만 그의 예상은 보기 좋게 빗나갔다.

정우는 일말의 고민도 없이 바로 고개를 끄덕였다,

"좋습니다."

그러자 당황한 것은 김 대표였다.

"네? 이렇게… 간단히 답하셔도 되는 겁니까?"

"케이프로덕션에 대한 명성은 익히 들어 알고 있습니다."

"아니, 어떻게……."

"방금 말했었죠. 애니메이션 사업에 관심이 많다고. 그래서 가끔 우리나라에 있는 애니메이션 회사에 대해 조사를 하곤 했습니다. 그중 케이프로덕션의 기량이 발군이더군요."

"그렇습니다. 한국에서, 아니, 이제 곧 세계에서 최고의 애니메이션 회사가 될 것이라 자부합니다."

"김 대표님의 바로 그런 자세도 맘에 들었습니다."

"네?"

"김 대표님, 사람 자체가 좋단 말입니다. 제가 사람 보는 눈이 아주 정확합니다. 실수한 적은 딱 한 번밖에 없었죠."

정우의 사람 파악하는 눈썰미는 엄청나다.

그런 그가 딱 한 번의 실수를 겪었었다. 이즈멜 택배 사무실 직원으로 취직한 뒤, 은밀히 다가와 마수를 뻗쳤던 초인 한서화.

그녀에게 완전히 속아 넘어간 적이 있는 정우다.

그 이후로는 사람 보는 눈이 더욱 정확해졌다.

정우가 보기에 김 대표는 제대로 된 사람이었다.

그의 말투와 작은 태도 하나하나에서 자신감과 진취적인 포부가 드러났다.

게다가 눈을 보면 그가 얼마나 진실되고 정이 깊은 사람인지 알 수 있었다.

아무튼 김 대표는 같이 일하자는 제의에 정우가 너무 쉬이 대답해 살짝 얼떨떨했으나 나쁠 건 없었다.

아니, 오히려 좋아해야 마땅했다.

김 대표는 미리 준비해 왔던 계약서를 꺼내 들었다.

"읽어보시고 사인하시면 됩니다."

정우는 네 장으로 이루어진 계약서를 휙휙 넘겼다.

누가 보면 읽지도 않고 넘기는 것 같아 보이지만, 토씨 하나까지도 모두 머릿속에 정확히 박아 넣은 정우였다.

계약서는 이즈멜 그룹에게 불리한 내용이 전혀 없었다.

정우는 당장 사인을 했고, 김 대표의 입가에 미소가 자리했다.

*   *   *

이즈멜 전기가 애니메이션화 작업에 들어가면서 이즈멜 전기2도 크랭크인 되었다.

이즈멜 전기2의 제목은 '현대 귀환 마법사'였다.

이즈멜 전기2는 디프로티아 대륙에서 활약하던 절정의 마법사 이즈멜이 불우했던 전생을 잊지 못해 과거로 회귀해 버리면서 내용이 끝난다.

사실 현대 귀환 마법사라는 제목은 이즈멜 전기1에 붙었어야 더 어울린다.

2에서는 디프로티아 대륙의 이야기만 나오기 때문이다.

그럼에도 제목을 현대 귀환 마법사라고 정한 것은, 그게 진정 이즈멜이 원했던 궁극적인 목표였기 때문이다.

제목은 나쁘지 않다고 생각했다.

전문 작가의 손에서 탄생한 시나리오도 수준급이었다.

이제 영화의 퀄리티가 어떻게 나오느냐만 남았다.

한편, 애니메이션은 영화처럼 현대의 이야기로 시작했다가 그전의 이야기를 풀어가는 방식이 아닌, 맨 처음부터 차례대로 과정을 밟아 나가기로 했다.

현대를 살던 우정하가 불우하게 죽어서 디프로티아 대륙에 환생해 대마법사로 살아가다가 다시 현대로 귀환해 현실을 바꾸어 나가는, 웹툰 그대로의 전개 방식을 따라가는 것이다.

이즈멜 전기의 애니메이션 캐릭터들은 대단히 괜찮은 퀄리티로 뽑혔다.

김 대표는 정우에게 캐릭터 디자인을 메일에 첨부해 보내주면서, 배경 작업도 아주 잘 되어가고 있으며, 캐릭터들에게 뒤지지 않는 퀄리티로 만들어질 것이라 장담했다.

*   *   *

1년이라는 시간이 흘렀다.

2025년의 6월.

이즈멜 전기 2—현대 귀환 마법사가 개봉되었다.

현대 귀환 마법사는 또 다시 이즈멜 전기1의 흥행 기록을 갈아엎었다.

최종 스코어는 2,500만!

큐 무비스가 삼연타 홈런을 날리는 순간이었다.

전 세계적 흥행까지 계산해 보면 이미 이즈멜 전기1의 흥행 기록은 명함도 못 내밀 지경이었다.

그 무렵, 이즈멜 전기의 애니메이션도 완성이 되었다.

이즈멜 전기 애니메이션은 제작에 들어가는 단계부터 숱한 화제가 되었다.

이미 제작이 끝나기도 전에 세계 각국에서 수출 계약을 맺었다.

그리고 드디어 첫 화가 방영되는 날.

김 대표는 시청자들의 우레와 같은 반응에 두 주먹을 불끈 쥐었다.

이즈멜 전기 애니메이션은 영화 못지않은 완성도를 자랑했으며 내용까지 재미있었다.

브라운관용 애니메이션으로서는 혁명이 아닐 수 없단 평가까지 받았다.

이즈멜 전기가 방영되는 6개월간, 시청률은 계속해서 고공행진을 했으며, 마지막 화에는 20퍼센트의 시청률을 돌파했다.

요즘 한국에서 방영되는 애니메이션의 시청률은 높아봐야 4퍼센트가 끝이다.

그런데 20퍼센트라니?

이건 경이적인 상황이었다.

애니메이션계의 새로운 역사였다.

그리고 그 중심에 케이프로덕션과 이즈멜 그룹이 있었다.

김 대표는 텔레비전 시리즈가 끝나자마자 극장용 애니메이션 제작에 들어갔다.

극장용 애니메이션을 제작하는 데에는 다시 꼬박 1년이 걸렸다.

결국 2026년 11월이 되어서야 극장에서 개봉할 수 있었고, 그때 정우의 나이 서른둘이었다.

그동안 정우는 어스 뱅가드에 대해서 거의 잊고 살아왔다.

골드 빅뱅의 세력을 계속해서 넓히며 유사인종을 감시하는 한편, 어스 뱅가드의 움직임도 간헐적으로 보고를 받긴 했지만, 그들이 무얼 하고 있는지 크게 신경 쓰지 않았다.

그러던 어느 날.

피범벅이 된 지린이 정우를 찾아왔다.

제12장
그레인의 목적

정우는 늦게까지 홀로 회사에 남아 업무를 돌보고 있었다.

사실 업무라고 해봐야 낮에 바빠서 결재 못했던 서류들을
훑어보고 사인하는 게 전부였다.

중요한 건 그 양이 어마어마하다는 것이다.

하지만 정우의 업무 처리 능력은 일반인과 달랐다.

서류들을 순식간에 확인한 뒤, 빠르게 사인을 끝낸 정우가
천천히 눈을 감았다.

그리고 마나 사이펀을 했다.

요즘엔 틈만 나면 이렇게 마나 사이펀을 하곤 했다.

정우의 가슴에 모여든 마나가 이제 곧 9서클의 장벽을 돌

파할 것 같았기 때문이다.

의자 위에 바르게 앉아 있는 정우의 몸 속으로 맑은 마나가 쉴 새 없이 빨려 들어왔다.

정우가 마나 사이펀으로 흡수하는 마나의 양은 실로 어마어마했다.

보통의 마법사들이라면 결코 정우처럼 할 수 없었다.

정우는 마나 친화력이 뛰어났다.

그리고 마나 사이펀을 꾸준히 해오며 어떻게 해야 마나를 더욱 짧은 시간에 많이 흡수할 수 있는지에 대해 연구했다.

그 답을 알아낸 것이 3년 전이다.

이후부터는 마나 사이펀만 시작하면 둑 무너진 강처럼 마나가 거침없이 밀려 들어왔다.

사실 마나를 빨리 모을 수 있는 방법이라는 건 간단했다.

마법사들은 마나를 몸 안에 비축할 때, 기본적으로 마나는 자연의 기운이라고 단정 짓는다.

그러니까 사람 자체의 기운이 아닌 자연의 기운을 억지로 끌어들여 비축해서 사용한다는 생각으로 마나와 사람 사이에 경계선을 긋는 것이다.

그런데 사실 따지고 보면 사람도 자연의 일부분이다.

정우는 바로 이 사실을 깨달았다.

그렇다면 마나와 사람이 다를 게 무엇인가?

마나 역시 자연 속에서 유유히 흘러 다니는 기운일 뿐인데.

둘 다 자연의 일부분이었다.

마나와 사람이 다르지 않았다.

그것을 인정하는 순간, 정우의 마나 친화력이 대폭 올라갔다.

아니, 정우가 마나 그 자체가 되어버리는 것 같았다.

마나는 말도 안 되는 속도로 밀려 들어왔고, 왼쪽 가슴에서 눈덩이처럼 불어나기 시작했다.

아마 처음부터 그 속도로 마나를 모았다면 1년 만에 6서클까지는 달성했을 것이다.

그러나 인간의 한계치라 불리는 9서클의 벽은 역시 높았다.

3년이 넘도록 마나를 모아왔는데도 아직 정우는 8서클이었다.

하지만 오늘.

'온다.'

정우는 자신이 9서클의 반열에 오를 수 있을 것이란 예감이 들었다.

그런 정우의 예감은 빗나가지 않았다.

휘우우우우우웅!

심장에 모인 거대한 마나가 회오리쳤다.

그에 따라 정우의 주변에서도 바람이 일었다.

책상 위에 있던 서류들이 거친 기류에 휘말려 허공으로 솟

구쳤다.

정우의 몸에서 맑은 기운이 일렁였다.

잠시 잠깐 불었던 바람이 그치고 난 뒤, 현현한 기운도 다시 몸속으로 갈무리되었다.

정우가 천천히 눈을 떴다.

그의 깊은 눈동자 속에 현기가 갈무리되었다.

정우의 입꼬리가 양쪽으로 말려 올라갔다.

"드디어."

9서클이 된 것이다.

인간의 한계, 마법의 극의를 보게 된 것이다.

정우는 의자에서 일어나 사무실 중앙에 섰다.

"마나 트랜스."

마나 트랜스는 마나를 오러로 치환시키는 마법이다.

지금 정우에게는 9서클의 마나가 있다.

이를 모두 오러로 치환시키니 실로 상상 못할 양이 되었다.

정우는 그것을 모두 하복부에 갈무리했다.

이후 무적권의 최종장, 무적천의 묘리에 따라 몸을 움직였다.

정우의 하복부에 차고 넘치는 오러는 정우가 움직임을 따라 보랏빛 궤적을 남겼다.

보랏빛 오러는 오러 마스터들만 사용할 수 있다.

정우는 그 오러를 온몸에 두른 채 무적천을 연마하고 있는 중이었다.

한데 정우의 몸에 어린 오러는 유독 더 진했다.

어찌나 진한지 오러라는 것이 반투명하게 마련인데 정우의 오러는 탁했다.

마치 보랏빛의 칼날들이 정우의 주변에서 춤을 추고 있는 듯했다.

한참 몸을 움직이던 정우가 주먹을 내지르는 동작을 마지막으로 오러를 거두었다.

그리고 함박웃음을 지었다.

"됐다."

정우는 드디어 무적천의 경지도 터득했다.

무적권의 극의를 본 것이다.

참으로 기분 좋은 날이 아닐 수 없었다.

마법에서도 투술에서도 극의를 보았다.

이는 디프로티아 대륙에서도 해내지 못한 기염이었다.

정령술은 이미 오래전에 상급 정령 넷과 계약을 맺었으니 극의를 봤다 할 수 있었다.

새벽 네 시.

이제 집으로 돌아가야 할 때였다.

그런데, 사무실로 예상치 못했던 손님이 찾아왔다.

온몸에 피칠갑을 한 채, 넋 나간 얼굴로 터덜터덜 정우 앞에 서서 희미하게 미소 짓는 그 사람은… 반지런이었다.

　　　　*　　　*　　　*

　정우는 지린을 숙직실에서 씻게 한 뒤, 직원이 두고 간 새 옷을 건네주었다.

　두 사람은 숙직실에 마주 앉아 한참 동안 말이 없었다.

　정우가 알기로 지린은 강진과 결혼을 앞두고 있는 시점이었다.

　그런데 갑자기 왜 저런 몰골로 자신을 찾아온 것인지 이해할 수가 없었다.

　두어 달 전에 만났던 지린은 여전히 밝고 쾌활했다.

　얼굴에서 그늘이라고는 전혀 찾아볼 수가 없었다.

　그런데 지금은 다시 어스 뱅가드에서 활동할 당시의 지린을 보는 것만 같았다.

　"무슨 일이야."

　침묵을 먼저 깬 사람은 정우였다.

　지린은 바로 대답하지 못하고서 한참 뜸을 들였다.

　뜨거운 차 한 잔을 마실 시간이 지나고 나서야 지린이 입을 열었다.

　"정우야. 나… 유사인종을 죽였어."

　"어쩌다가."

　"그건… 내 의지가 아니었어."

"……."

"며칠 전부터 누군가 내 머릿속에 비집고 들어와 계속해서 말했어. 각성하라고… 깨달으라고……."

"누가 그런 거지?"

지린은 또 다시 입을 다물었다.

하지만 정우는 지린의 의식 속에 비집고 들어와 개소리를 지껄인 인물이 누구인지 짐작을 하고 있었다.

지린이 굳이 대답하지 않아도 답은 알았다.

"마스터 그레인. 그 새끼지?"

정우가 거칠게 말을 내뱉었다.

지린은 힘없이 고개를 끄덕였다.

"그가 네게 각성하라 했다고? 깨달으라 했다고? 뭘 각성하고 깨달으라는 건데?"

"우리는… 처음부터 한계라는 것을 모르고 살아온 인류라는 것. 스스로 신이 될 수 있는 존재라는 것."

"…유사인종은 왜 죽인 거야?"

"그들은 실패작이라고 했어. 완벽한 인류를 만들기 위해 몇 번이고 실험을 하다 태어난 실패작."

"…뭐?"

정우의 귀에는 마치 유사인종을 만들어낸 이가 다름 아닌 마스터 그레인 본인이라는 소리로 들렸다.

정우의 표정을 살피던 지린이 고개를 끄덕였다.

"네가 생각하는 그게… 맞아."

"정말 그레인이 유사인종들을 만들어 냈단 말이야?"

"응… 그는 수백 년을 살아온 사람이야. 난… 그가 내게 강제로 주입한 의지 속에서 그의 모든 것을 봤어."

"더 자세히 말해봐."

이후에 이어지는 지린의 말은 이러했다.

마스터 그레인은 수백 년 전, 지구에 태어났다.

한데 당시에는 인류가 과학보다 자연과 스스로의 육신에 더 의존하던 때였다.

그때 지구엔 주술을 부릴 수 있는 자들이 분명히 존재했다.

그레인은 그 주술사 부족의 자식으로 태어났다.

당시에야 주술사들의 기이한 힘을 주술이라 불렀지만, 지금의 시선으로 보면 그건 주술이 아닌 초능력이었다.

아무튼 그레인은 어렸을 적부터 초능력을 발휘할 수 있었다.

그야말로 천부적인 초능력자였던 것이다.

한데 머리가 커갈수록 왜 자신은 남들과 다른가? 라는 의문이 생겨났다.

그 궁금증은 점점 더 불어만 갔다.

하지만 그가 완연한 성인이 되었을 때 그보다 더 큰 의문 하나가 머릿속을 가득 채웠다.

'사람은 왜 나이 들어 죽어야 하는가.'

바로 그것이었다.

모든 사람은 마치 그것이 당연한 수순인 양 태어나서 나이 먹어 늙고 결국엔 한줌 흙이 되어버린다.

나고 사라지는 것이 모든 세상사의 순리라지만, 왜 하나같이 똑같은 수순을 밟아 나가는지 알 수 없었다.

만약 사라지는 것을 피할 수 없다면 그 시기만큼은 자신이 정할 수 있지 않을까?

그런 생각이 들었다.

이미 그레인은 범인들이 발휘할 수 없는 능력을 마음대로 사용하는 사람이었다.

즉, 불가능하다 여기는 것을 가능하게 만드는 초능력자였다.

그런 그의 능력은 스스로의 관념까지 바꿔 놓았다.

그레인은 자신이 절대 늙어 죽지는 않을 것이라 믿었다.

그 믿음은 곧 확신으로 바뀌었고, 확신은 현실이 되어 그에게 돌아왔다.

그레인은 백 년이 지나고 이백 년이 지나도 늙지 않았다.

젊음의 모습을 그대로 유지한 채, 계속해서 살아 나갈 수 있었다.

그레인은 결국 이백 년을 살아가는 시간 속에서 인간들은 누구라도 자신과 똑같이 될 수 있다는 걸 깨우쳤다.

생각.

인간을 지배하는 건 바로 생각이다.

인간들은 나고 죽는 것을 당연하게 생각한다.

인간들은 초능력 같은 건 정말 특별한 존재들 몇몇만 사용할 수 있는 것이라고 생각한다.

인간들은 자신들이 그런 초능력자가 될 수 없다고 생각한다.

인간들은 지극히 눈에 보이는 현실이 전부라고만 생각한다.

인간들은 태어나서 자라오며 배운 상식적인 이야기들이 진리라고 생각한다.

하지만 그 생각들은 다 틀렸다.

그 모든 생각의 홍수는 인간이 스스로의 한계를 정해놓게 만들었다.

생각의 틀을 깨고 나오는 순간 인간은 새로운 존재가 될 수 있었다.

영생을 살아가다 스스로 죽어야 할 때 육신을 버리고 떠나는 신선이 될 수 있다.

그레인은 이러한 사실을 인간들에게 알리고 싶었다.

하지만 우매한 인간들은 그레인의 말을 귀담아듣지 않았다.

그들은 이미 스스로 정해놓은 틀이 너무 강했다.

게다가 점점 과학문명에 의존해 가고 있었다.

스스로의 육신과 정신을 발전시킬 생각은 하지 않고 자꾸 외부의 도움을 받으려 했다.

백여 년간 그러한 인간들의 의식을 바꾸려고 노력했던 그레인은 회의에 젖고 말았다.

그는 결국 인간이 아닌 다른 생명체들에게 자신의 이야기를 설파하고자 했다.

하지만 인간을 제외한 다른 생명체들의 의식은 너무나 하등했다.

이래서는 그레인의 의지를 전파하기는커녕, 한마디 소통도 하지 못할 판국이었다.

고심하던 그레인은 스스로 생체실험을 감행했다.

그에게 있어 생체실험을 하는 데 의료 기술이나 지식 같은 건 필요 없었다.

그레인은 온전히 자신의 능력으로 실험을 해 나갔고, 유전자의 조합으로 인해 몇 종류의 유사인종이 탄생했다.

그 유사인종들이 지금의 늑대인간, 메두사, 예티, 뱀파이어였다.

확실히 유사인종들은 인간들보다 그레인의 이야기를 더욱 잘 받아들였다.

그들은 계속해서 점점 더 강한 정신과 육체를 갖게 되었다.

나중에는 스스로 번식하며 그 개체수도 어마어마하게 늘어났다.

한데 지성이 있는 것들이라 그런지 어느 정도 힘이 갖춰지자 그레인의 말을 듣지 않고 독자적 행동을 하기 시작했다.

그레인은 그들을 창조한 아버지였다.

그러나 유사인종들은 그레인을 아버지로 인정하지 않았다.

그가 자신들을 만들어냈단 사실은 인정했으나 종 자체가 너무나도 달랐다.

그러한 인식은 세대를 거듭할수록 더욱 심해졌다.

유사인종들은 자유를 갈망했고, 그들만의 독립된 생활을 원했다.

결국 그레인은 그들을 더 잡아둘 수 없음을 깨닫고 놓아주기로 했다.

다만, 그 과정에서 한 가지 당부의 말을 건넸다.

지금 지구를 지배하고 있는 것은 인간들이었다.

인간들의 과학문명은 무서운 속도로 발전하고 있었다.

더불어 인간들은 자신들이 최고의 종이라 생각했다. 다른 종의 눈에 띄면 그들과 화합하기보다는 죽이려 들 것이 분명했다.

유사인종들이 아무리 대단하다 하더라도 인간들과 정면으로 부딪혀서 이길 순 없었다.

그레인은 이를 걱정했다.

해서, 유사인종들에게 최대한 인간의 눈에 띄지 않도록 숨어 살라 말했다.

처음엔 유사인종들이 그런 그레인의 말을 듣는 듯 보였다.

하지만 이내 욕심이 생겨났는지 슬슬 인간들의 영토에 발을 들였다.

하나 그 결과는 늘 참혹했다.

일대일의 싸움에선 유사인종이 인간의 힘을 넘어섰지만, 다수와 다수 간의 싸움에서는 결코 인간을 이길 수 없었다.

결국 그레인이 걱정했던 것을 몸으로 체감한 유사인종들은 알아서 음지로 들어가 숨어 살았다.

그렇게 다시 오랜 시간이 지났다.

그레인은 어떻게 해야 자신의 뜻을 세상에 관철시킬 수 있을 것인가 심각히 고민했다.

그러다가 떠올린 것이 바로 어스 뱅가드 프로젝트였다.

인간들은 불안한 존재다.

스스로 완벽하지 못하다고 여기며 살아간다.

그렇기에 그 무수한 신을 만들어놓고 자신의 부족함을 채워달라며 기도한다.

그레인은 바로 이러한 현상을 보고서, 눈에 보이지 않는 신이 아닌, 실제로 인간들이 의지할 수 있는 신을 만들기로 했다.

형태가 존재하는, 세력이 존재하는, 지구에 직접 영향을 끼치는, 그러한 신 말이다.

그것이 바로 인류와 지구의 안녕을 위해서라는 명목으로 세워진 어스 뱅가드였다.

인간들이여 각성하라! 라는 말로 그들을 설득하려 할 땐 콧방귀만 끼더니, 너희를 지켜주겠다! 라는 얘기를 전했을 땐 하나같이 그레인의 능력을 보고서 마음을 열었다.

그레인은 지구에 존재하는 암중세력, 지구의 모든 일을 좌지우지한다는 집단 프리메이슨과 우선 손을 잡았고, 이후엔 그 집단을 어스 뱅가드라는 이름으로 바꿨다.

그들은 그레인의 능력을 자기 것으로 만들고 싶어했다.

실체가 없는 신에게 의지하는 것이 아닌, 스스로 신이 되려하는 모습을 보이기 시작한 것이다.

그레인은 자신의 발자국을 따라오기로 한 이들에게 아낌없이 모든 것을 가르쳐 주었다.

그러다 보니 어스 뱅가드 내엔 점점 더 초능력자들이 늘어나게 되었다.

후엔 어스 뱅가드의 요원들 밑에서 태어난 아이들을 데려와 애초부터 초능력자들 사이에서 지내게 하며, 그것이 인간이라면 당연히 발휘할 수 있는 능력이라는 걸 인식해 가면서 자라나게끔 했다.

이러한 아이들은 백이면 백 모두 초능력자가 되었다.

그제야 그레인은 자신의 행적을 뒤돌아보며 비로소 만족할 수 있었다.

그는 이것이 맞다고 믿었다.

인간들은 나약하지 않았다.

강해질 수 있었다.

그런데 지금의 인간들은 너무나 나약하다.

전 세계 대부분의 인간이 그렇다.

반면 그레인과 같은 완벽한 인간들은 그 수가 상대적으로 적다.

그레인이 아무리 노력한다 하더라도 나약한 인간들의 수가 줄어들지 않는 한, 개혁은 일어나지 않을 것이 뻔했다.

지구를 발전시키는 길은, 인류를 발전시키는 길은, 그레인과 같은 사람들이 늘어나는 것뿐이었다.

이에, 그레인은 어느 순간부터 무서운 결심을 하기에 이른다.

그 결심이란, '우월한 종을 제외한 다른 종을 모두 제거하는 것'이었다.

하지만 어스 뱅가드 내부의 누구도 그러한 그레인의 생각을 알지 못했다.

그저 어스 뱅가드의 설립 의의는 지구의 안녕을 위해서라고만 믿고 있었다.

그러나 어스 뱅가드는 결국 그레인이 바라는 왕국을 만들기 위한 초능력자 양성소였다.

그리고 지금.

그레인은 자신의 가장 무서운 초능력인 정신 감응을 이용해 일을 실천하려 하고 있었다.

그의 첫 번째 타깃은 바로 실패작이 되어버린 유사인종들이었다.

지구에 사는 사람 대부분은 모르지만 이미 한 달 전부터 대대적인 유사인종 사냥이 시작되었다.

그레인의 의지에 감응한 어스 뱅가드 요원들과, 세계 각지에 살고 있는 초능력자들, 그리고 초능력이라는 걸 가지고 있으면서도 모르고 살아가는 사람들이 일제히 각성해서 유사인종들을 암살하기 시작했다.

그 행동이 바람처럼 신속했고, 초능력자들의 수가 파도처럼 많았다.

단 한 달.

그 기간 동안 백만이나 되는 유사인종들은 대부분이 살해되었다.

그리고 그 일방적 살육에 지린도 가담했던 것이다.

the Archmage Returns

제13장
종결

지린의 이야기를 다 듣고 난 정우에게 두 가지 의문이 들었
다.

첫째는 어스 뱅가드가 움직일 동안 유사인종을 감시하고
있던 네오 빅뱅의 수뇌부는 뭘 하고 있었느냐는 것이다.

둘째는 골드가 정우에게 이야기해 줬던 지구의 미래에는
이런 사건이 일어나지 않았다는 것이다.

두 번째 의문은 조금 고민해 보니 어렵지 않게 풀렸다.

이미 정우가 회귀해서 지구로 돌아온 순간부터 미래는 바
뀌고 있었다.

미래라는 건 정해져 있지 않다.

현실에서 벌어지는 모든 일이 미래에 어떤 식으로든 영향을 끼친다.

한데 정우는 현실에서 지대한 영향력을 발휘했다.

그의 행보 하나하나가 미래를 크게 뒤흔들어 버린 것이다.

'골드는 왜 내게 보고하지 않았지?'

이제 남는 의문은 한 가지였다.

그때, 타이밍 좋게도 골드에게서 연락이 왔다.

정우가 진동이 울리는 스마트폰을 받았다.

"골드."

─죄송합니다, 주인님.

"어떻게 된 것이냐."

─무엇을 추궁하려 하시는지 잘 알고 있습니다. 어스 뱅가드가 유사인종을 대량학살 하는 것을 확인했음에도 이를 보고하지 못했습니다.

"무엇 때문이지?"

─마스터 그레인. 그의 의지가 제 의지를 짓눌렀습니다.

"…그랬군."

정우는 의외로 담담히 수긍했다.

사실 골드는 이제 사이보그가 아니었다.

비록 그랜드 리치이기는 하지만 살아 있는 생명체였다.

혼을 정우에게 저당잡혀 있고, 그를 주인으로 모시며 죽으라면 목숨까지 단번에 끊을 수 있는 골드다.

하지만 그레인의 의지는 정우에 대한 절대적 충성을 보이는 골드의 의지조차 꺾이게 만들었다.

물론 그 정도가 미비하여, 어스 뱅가드에서 행하는 일을 보고하지 못하도록 하는 데에 그칠 뿐이었다.

골드를 그레인의 수족처럼 부리지는 못했다.

하나, 그것 하나만으로도 족했다.

그레인은 원하던 바를 이뤘으니까.

"골드."

―말씀하십시오, 주인님.

"이제부터 너는 깊은 잠에 빠져들 것이다."

―알겠습니다.

"누구의 의지도 네 안으로 침범하지 못하도록 깊은 잠에 말이다. 내 명령이 있기 전까지는 절대로 잠에서 깨어나면 안 된다."

―명심하겠습니다.

"눈을 감거라."

―…….

정우는 골드와의 통화를 마쳤다.

골드가 설마 그레인의 의지에 꺾여 칼을 거꾸로 쥐고서 정우를 공격할 리는 없지만, 만에 하나라는 것이 있었다.

그래서 정우는 골드를 잠재운 것이다.

지린은 정우가 통화를 하는 동안 아무 말 없이 바들바들 떨고만 있었다.

정우가 그런 지린의 등을 부드럽게 쓸어 내렸다.

"지린."

"…응."

"무서워하지 마."

"무서워. 언제 또 그레인의 의지가 내 머릿속으로 들어올지 모르겠어. 내가 널 죽이려고 할지도 모른다고."

"그럴 일 없어."

"장담하지 마."

"아니, 장담할 수 있어. 그레인은 그가 계획하는 것들을 이룰 수 없을 거야. 내가 그렇게 두지 않을 테니까."

"그레인이 어디 있는지도 모르면서 뭘 어쩌려고?"

지린의 투정 섞인 말에 정우는 미소를 지었다.

"그레인은 날 찾아올 거야. 분명히."

*   *   *

지린은 숙직실에서 겨우 잠이 들었다.

정우는 그런 지린에게 이불을 덮어주고서 숙직실을 나왔다.

회사 건물 옥상으로 올라온 정우가 하늘을 올려다봤다.

그리고 나직이 말했다.

"이제 모습을 드러내지, 마스터 그레인."

"알고 계셨군요."

정우의 말에 그레인의 대답이 돌아왔다.

정우가 천천히 뒤를 돌아보았다.

그의 앞엔 그레인이 미소를 머금은 채 서 있었다.

"처음부터 정상이 아니라는 건 알았지만 완전히 미친놈이었군."

"이왕이면 혁명가라고 불러주시겠습니까?"

"네가 바라는 왕국을 위해 숱한 사람들을 죽이려 하는 주제에 혁명가라고? 헛소리 지껄이지 마."

"미스터 하라면 어느 정도는 절 이해해 줄 것이라 생각했는데 아쉽군요."

"웃기는군. 기대도 하지 않았잖나?"

"역시 말장난은 통하지 않는 건가요?"

"넌 나와 이렇게 대면하게 될 미래를 이미 봤겠지."

"그래요. 봤지요."

"그다음은 어찌 되지? 네 계획대로 그레인 왕국이 지구에 세워지나? 아니면 내 손에 여기서 모가지가 부러지나?"

"글쎄요. 저로서도 거기까진 모릅니다. 이후의 상황은 도통 보이지가 않더군요. 그보다 제가 올 것이라는 걸 어찌 아셨는지 궁금하네요."

"내가 지구에 존재하는 이상 네가 원하는 궁극적인 미래는 손에 넣을 수 없을 테니까."

"맞아요. 미스터 하. 당신이 제 인생에 가장 큰 걸림돌이죠."

"한 가지 묻지. 이제 어스 뱅가드의 요원들은 네가 뭘 꾸미는지 전부 알게 되었을 거야."

"그렇습니다."

"당연히 반발할 텐데. 그들을 다 아우를 자신이 있나?"

"사람이란 누구나 욕망 앞에서 흔들리는 법이죠. 전 그들에게 제 계획을 보여주는 한편, 우리가 세상을 지배하게 되었을 때 가지게 될 모든 것에 대해서도 알려주었죠. 지금 어스 뱅가드 요원들은 갈등하고 있습니다. 나를 적으로 돌려 싸울지, 아니면 내가 보여준 미래를 믿고 따라와 부귀영화를 누릴지."

"…그랬군."

"재미있지 않습니까? 결국 이게 인간입니다. 지금까지는 지구의 평화를 지키기 위해 자신을 희생한다는 봉사정신으로 싸워왔던 이들이, 원초적 욕망 앞에 흔들리고 있습니다. 하지만 전 그게 맞다고 생각합니다. 인간은 스스로 더 완벽한 존재가 되어야 합니다. 본능에 충실한 존재가 되어야 합니다."

"숱한 세월 동안 일궈놓은 인간들의 세상을 멋대로 해칠 권리 따위 네겐 없다."

"왜 그렇게 생각하시죠?"

"내가 널 막을 테니까."

"그럴 수 있을까요?"

"그러지 못할 거라 생각하나?"

"제가 왜 미스터 하를 직접 찾아왔을까요?"

"어스 뱅가드 요원을 총동원해서 덤벼든다고 해도 어차피 나한테는 안 될 테니까."

"맞는 말입니다. 하지만 미스터 하의 가족들을 인질로 잡는다면?"

"둘 중 하나겠지. 가족은 살고 네가 죽던가, 가족도 너도 모두 죽던가."

"거침이 없으시군요. 제가 벌써 가족들의 신변을 확보했으면 어쩌시려고 그러죠?"

"넌 그러지 않아. 가족을 잡는 것이 궁극적인 해결책은 되지 않으니까."

"살짝 소름 끼치는군요. 사람의 속내를 완전히 파헤치시네요. 정확합니다, 미스터 하."

두 사람 사이에 잠시 정적이 흘렀다.

휘이이이잉.

차가운 새벽바람이 둘의 몸을 훑고 지나갔다.

그레인이 먼저 침묵을 깼다.

"전 지금부터 당신의 정신을 지배할 겁니다."

"가능할 거라 생각하나?"

"전 세계의 초능력자들을 제 뜻대로 움직였습니다. 그 힘을 하나로 집중한다면 충분히 가능합니다."

"자신있다면 해봐."

"이미… 그러고 있다는 걸 모르시겠습니까?"

정우가 무슨 말인가 싶어 고개를 갸웃거렸다. 아니, 갸웃거리려 했다. 한데 몸이 마음대로 움직이질 않았다.

"……"

정우의 살기 어린 시선이 그레인에게 쏘아졌다.

하지만 그레인은 눈썹 하나 까딱 않고 여전히 웃는 낯으로 입을 열었다.

"정말 오래 걸렸습니다. 제 마지막 능력인 정신감응의 힘을 키우기 위해 지금 이 순간까지 노력해 왔죠. 결국 미스터 하의 정신을 지배할 수 있을 것이란 계산이 섰을 때 일을 터뜨린 거구요."

"넌 그러지 못해."

"이미 그러고 있다니까요. 손가락 하나 까딱하지 못하시겠죠?"

인정하고 싶지 않지만 그레인의 말대로였다.

정우는 마치 그의 꼭두각시가 된 것마냥 아무것도 할 수 없었다.

정우가 그레인의 의지를 밀어내기 위해 정신을 집중했다.

그의 머릿속에서 모든 신경체계는 물론 의식까지 단단하

게 틀어쥐고 있는 그레인의 의지가 느껴졌다.

정우가 그것을 계속해서 밖으로 쫓으려 했다.

하지만 그레인의 의지는 꿈쩍도 하지 않았다.

"미스터 하. 과연 이 세상에서 누가 당신을 죽일 수 있을까요?"

그레인이 섬뜩한 목소리로 물었다.

그리고는 손가락으로 자기 얼굴을 가리켰다.

"저요? 아닙니다. 저는 미스터 하를 죽일 수 없어요. 날카로운 칼을 들고 온다고 해서 그 강철 같은 몸에 흠집이나 날까요?"

그레인이 의미심장한 미소를 짓더니 계속 말을 이었다.

"미스터 하를 죽일 수 있는 건 미스터 하, 본인밖에 없습니다."

그레인의 입이 닫히는 순간 정우의 오른손이 천천히 들어올려졌다.

그리고 손끝에 보랏빛 오러가 맺혔다.

"미스터 하. 스스로 심장을 뽑아내는 기분은 어떨까요? 궁금하지 않으세요?"

"닥쳐라, 그레인."

정우는 제멋대로 움직이는 오른손을 보며 아랫입술을 꽉 깨물었다.

지금 그의 의지대로 따라주는 곳이라고는 눈과 입밖에 없었다.

아마도 그레인이 지금 이 순간을 즐기기 위해서 두 기관의 통제권은 가져가지 않은 모양이었다.

오러가 맺힌 오른손은 점점 더 정우의 왼쪽 가슴에 가까워졌다.

"이렇게 역사적인 날이 올 줄은 몰랐네요."

마스터 그레인의 입가에 맺힌 미소가 더욱 짙어졌다.

정우의 이마에서는 식은땀이 흘렀다.

긴장하고 있다는 얘기다.

지구에 회귀하고 나서 단 한 번도 겪어본 적 없던 미약한 공포가 가슴 깊은 곳에서부터 느껴졌다.

"이제… 그만 가시죠."

그레인의 말이 끝나는 순간.

푸욱!

정우의 오른손이 기어코 심장을 뚫었다.

"크윽!"

정우의 잇새로 신음이 흘러나왔다.

왼쪽 가슴에서는 붉은 피가 철철 쏟아졌다.

심장이 거의 걸레처럼 짓이겨져 조각나 버렸다.

오러가 어린 손이 정통으로 파고들었으니 당연한 일이었다.

정우의 의식이 빠르게 아득해졌다.

두 다리에 힘이 풀렸다.

하지만 쓰러질 수도 없었다.

그레인의 의지가 정우를 지배하고 있는 이상, 그의 명령이 없으면 정우는 죽음조차도 서서 맞이해야 했다.

그레인은 자신의 염원이 이루어지는 이 순간을 만끽하고 있었다.

"편안히 보내 드리지 못해 미안하군요. 부디 하늘에서는 제가 만들어가는 새로운 세상을 편안하게 즐겨주시기를."

정우의 눈꺼풀이 스르륵 감겼다.

그리고 의식이 희미해졌다.

*　　　*　　　*

'이대로 죽는 것인가.'

죽음.

정우는 죽음이 주는 공포와 육신을 버리고 난 이후 사후의 평안함에 대해 누구보다 잘 알고 있었다.

그는 이미 한 번 죽음을 겪어봤기 때문이다.

'다 부질 없구나.'

정우가 지구로 돌아온 이유.

디프로티아 대륙에서 그토록 마법에 열중해 차원 이동 마법을 시전하려 했던 이유.

그것은 자신의 암울하기만 했던 지구에서의 인생을 다시 살아가고 싶었기 때문이다.

비록 그가 시전했던 것은 차원 이동 마법이 아닌 천계의 문을 두드리는 마법이었지만, 신의 도움으로 지구에서 다시 살게 되었다.

그때부터는 달랐다.

모든 것을 원하는 대로 바꿔 나갔다.

육신을 단련시켜 학교에서 그를 괴롭히던 녀석들을 때려 눕혔다.

공부를 열심히 해서 강원도 최고라 일컬어지는 학교에 수석으로 입학했다.

손을 대는 사업마다 대박이 터져 천문학적인 돈을 손에 넣게 되었다.

더불어 명성까지 따라왔다.

세계적으로 이제 미스터 하를 모르는 이는 없었다.

정우 덕분에 가족들도 평안한 삶을 영위할 수 있었다.

그의 앞길에 장애물은 없는 것 같았다.

이 모든 현실을 정우가 홀홀단신으로 이루어냈다.

한데… 지금에 와서는 그것들이 미치도록 허무했다.

결국 이렇게 죽어버리면 다 끝나는 것을.

무얼 위해서 그토록 열심히 달려왔던가.

'가족을 위해서? 슬을 위해서?'

아니다.

그 무엇도 아니다.

조금 더 깊이 생각해 보니 결국 정우는 가족과 슬, 그리고 주변의 모든 사람이 기뻐하는 모습을 보며 덩달아 기뻐할 수 있는 자신을 위해서 해왔던 것이다.

그런데 지금껏 그 모든 것이 타인을 위해서라고만 생각해왔다.

이 얼마나 이기적이고 바보 같은 짓이란 말인가.

그 때문에 죽음을 목전에 둔 지금 더욱 허무함이 밀려오는 것이었다.

우스웠다.

이 지경이 되니 그토록 죽을 동 살 동 모아왔던 마나와 오러, 스피릿이 다 무슨 소용이냐 싶었다.

어차피 자신이 죽어버리면 육신에서 빠져나가 없어져 버릴 것들이다.

그런 생각을 하고 있을 때, 정우의 눈앞에 그의 모습이 나타났다.

꼿꼿하게 서서 한 손을 심장에 박은 채 피를 흘리며 죽어있는 모습이 괴기스러웠다.

그레인은 그런 자신을 지그시 바라보고 있었다.

털썩.

그레인이 의지를 거두었는지 정우의 몸이 바닥에 쓰러졌다.

물론 이 광경을 정우 본인도 다 보고 있었다.

'난 지금… 영혼인 건가?'

"안녕히 가세요, 미스터 하."

그레인이 마지막 인사를 남기고 뒤돌아섰다.

그러자 정우의 몸에서 푸르스름한 기운들이 밖으로 빠져나오기 시작했다.

하복부, 심장, 머리에서 빠져나오는 그 기운들은 오러, 마나, 스피릿이었다.

그런데…….

'느낌이 다르지 않아.'

그동안 정우가 서로 다른 성질의 힘이라 생각하며 키워왔던 세 가지의 기운이 결국엔 다 똑같은 것 같았다.

그때 정우의 뇌리에 번개같이 스쳐 가는 생각이 있었다.

'나는 내 자신이 곧 마나라는 것을 깨우쳐 마나합일을 이뤘다. 그래서 마나를 빠르게 흡수할 수 있었어. 결구 마나도 나도 똑같은 자연의 일부라는 것을 알았기에 가능한 일이었다. 한데 왜… 오러나 스피릿 역시도 자연의 일부라는 건 생각지 못했지?'

정우의 가슴이 순간 확 트이는 것 같은 기분이 들었다.

'이제야 모든 걸 알게 되었다.'

더불어 삼라만상의 이치가 정우의 영혼 속에 각인되었다. 동시에 정우의 영혼이 육신 안으로 빨려 들어갔다.

분명히 시체나 다름없었던 정우의 눈이 떠졌다.

정우가 왼쪽 가슴에 틀어박고 있던 손을 빼냈다.

그러자 뻥 뚫린 상처가 순식간에 아물었다. 엉망으로 조각 났던 심장도 원상복구되었다.

정우가 몸을 일으켰다.

그에 막 정우를 떠나가려던 그레인이 뒤를 돌았다.

그가 눈을 부릅뜨고 정우를 노려봤다.

"…어떻게 된 거죠?"

정우는 그레인의 말에 대답하는 대신 여여한 미소를 지어 보였다.

"세상이 너보다는 나를 필요로 하더군."

"무슨 헛소리를……!"

"그레인 넌 인간이 스스로 신이 될 수 있다 주장했지. 지금 내가 깨닫고 보니 그 말이 맞았다. 하지만 넌 신이 되지 못했어. 신이 되었다면 지구를 네가 원하는 대로 바꾸겠다는 생각은 절대 할 수 없을 테니까."

"마치 미스터 하가 신이 되었다는 소리처럼 들리는군요."

"그래. 정확히 말하자면 반신이랄까? 그래, 신선 같은 존재로 생각하면 될 거야."

"글쎄요. 제가 보기엔… 전보다 훨씬 약해진 것 같습니다만."

"내가 자연이고 자연이 곧 나지. 그 말은 곧 이 세상이, 이

우주가 나고, 내가 곧 우주라는 말과도 같아. 이미 난 우주와 같은 존재인데, 억지로 힘을 비축할 필요가 있었을까? 내가 어리석었어."

"그만하시죠."

그레인이 정신 감응 능력으로 정우를 지배했다.

그리고 품에서 총을 꺼내 방아쇠를 당겼다.

탕!

시끄러운 소리와 함께 빠르게 쏘아진 총알이 정우의 미간을 정확히 노렸다.

하지만 그 순간, 오러도, 마나도, 스피릿도 없던 정우의 몸 주변에 갑작스런 무형의 막이 생겨났다.

그것은 날아들던 총알을 당연한 듯 튕겨냈다.

정우의 기운이 모두 빠져나갔다는 것을 그레인은 분명히 인지하고 있었다.

그런데 방금 그것은 대체 어찌 된 일이란 말인가?

"어떻게……."

"말했잖아. 난 반신이 되었다고. 힘이라는 것은 축적할 필요 없이 그때그때 대자연으로부터, 세상으로부터, 우주로부터 빌려오면 돼. 우주의 힘이 곧 내 힘이라는 얘기야. 그런 날 네가 어쩔 수 있을 거라 생각해?"

말을 하며 정우가 그레인에게 뚜벅뚜벅 걸어갔다.

그레인은 정우가 자신의 의지에 지배당했다고 믿었다. 한데 아무렇지 않게 다가오니 적잖이 놀라 저도 모르게 뒷걸음질 치고 말았다.

"네가 진정 신이 되었다면 아마 지구를 있는 그대로 사랑하고, 그들의 행보를 지켜보려 했을 거야. 하지만 넌 그러지 못했어. 네가 원하는 왕국을 세우려는 욕심으로만 가득 차 있지."

"아니… 그렇지 않아. 지금의 세상은 잘못되어 있어. 내가 맞아. 내가 맞다고!"

그레인이 여태까지의 침착함을 잃고 버럭 소리쳤다.

그 모습이 마치 상처 받은 맹수가 죽지 않기 위해 발악을 하는 것만 같았다.

정우는 그런 그레인의 모습이 가엾기 그지없었다.

그를 빨리 편하게 만들어주고 싶었다.

그는 아무것도 모른다.

그렇기에 자신이 무슨 짓을 하려는 건지도 모른다.

모든 것은 욕심과 무지에서 비롯된 일들이다.

"그레인. 이제 그 의미없는 육신을 버리고서 편안해지거라."

"시끄러워!"

그레인이 다시 방아쇠를 당기려 했다.

하지만 정우는 어느새 그의 코앞에 다다라 있었다.

정우가 검지로 그레인의 이마를 살짝 건드렸다.

순간, 그레인의 눈이 뒤로 돌아가더니 몸에서 힘이 빠져 그대로 쓰러졌다.

정우는 그레인의 몸에서 빠져나와 하늘로 승천하는 영혼이 보였다.

그 영혼은 외로웠고, 상처가 많았고, 지쳐 있었다.

끝없이 승천하던 영혼은 결국 새벽하늘에 별이 되어 사라졌다.

그레인이 죽었다.

그가 계획하던 어스 뱅가드의 대혁명이 끝났다.

하지만 아직 완전히 끝난 건 아니었다.

정우가 천천히 걸음을 옮겼다.

＊　　　＊　　　＊

2027년 2월.

세상은 어스 뱅가드라는 암중 세력에 대해 발표했다.

지금껏 어스 뱅가드는 지구의 평화를 위해 보이지 않는 곳에서 목숨을 바쳐 노력해 왔고, 그들은 인간을 초월하는 능력을 가졌다는 것까지 밝혔다.

이로 인해 지구는 전체적으로 혼란스러워졌지만, 그 혼란은 오래가지 않았다.

과학으로 가상현실 게임도 만들어내는 세상이다.

인간의 능력을 초월하는 초능력자들이 여태껏 그 존재를 드러내지 않고 살아왔었다고 해도 크게 놀랄 일은 아니었다.

결국 일 년이 못가 혼란은 잠식되었다.

물론 일각에서는 그들이 능력을 좋지 못한 곳에 사용할 경우 재앙이 시작될지도 모른다며 시위를 벌이기도 했다.

그러나 그런 세력들보다 여태껏 모든 이의 안녕을 위해 애써온 그들을 찬양하는 세력이 더욱 많았다.

한때 잠깐이나마 그레인이 보여준 미래에 혹했던 어스 뱅가드 요원들은 자신들의 노고를 치하하는 사람들의 반응에 부끄러움을 느꼈다.

그리고 더할 수 없는 기쁨도 동시에 느꼈다.

지금껏 목숨을 걸고 일해왔지만 누구에게도 고맙다, 감사하다는 말을 들어보지 못했다.

그들은 오로지 명예감에 현혹되어 움직였을 뿐이다.

한데 이런 환대를 받으니 가슴이 뜨거워지는 건 당연지사였다.

결국 그들은 그레인이 보여주었던 미래를 모두 머릿속에서 지워 버렸다.

*   *   *

사실 어스 뱅가드의 존재를 세상에 공개하게끔 만든 배후는 바로 정우였다.

반신이 된 그는 모든 면에서 인간을 초월하는 존재가 되어 버렸다.

그는 어스 뱅가드를 자신의 휘하에 두었다. 그리고 네오 빅뱅과 어스 뱅가드라는 거대한 두 세력을 합일했다.

어스 뱅가드는 누가 뭐래도 암중에서 세상을 가장 큰 영향력을 발휘할 수 있는 집단이다.

정우의 말 한마디로 인해 어스 뱅가드가 세상에 알려지는 건 일도 아니었다.

그 이후 대부분의 사람은 어스 뱅가드를 찬양했고, 어스 뱅가드의 요원들은 그 감사한 마음에 감동해 앞으로도 목숨 바쳐 노력하겠다는 희생정신을 키워 나갔다.

정우가 노렸던 것이 바로 이것이다.

그레인에게 흔들렸던 요원들의 마음을 정화시켜 주는 것.

이로써 지구에 드리워져 있던 거대한 암운은 모두가 걷혔다.

the Archmage Returns

에필로그

2028년의 봄에는 지린과 강진이 결혼식을 올렸다.

같은 해 가을엔 지우와 대한이 부부의 연을 맺었다.

정우의 주변에 있는 사람 모두가 하나둘씩 짝을 찾아갔다.

정우의 나이 올해 서른여섯.

그는 한 여인의 남편이면서, 한 가정의 실질적 가장이었다.

그는 이즈멜 그룹의 대표였다.

그는 전 세계적으로 게임, 영화, 애니메이션으로 성공을 거둔 이즈멜 전기의 원작자였다.

그리고 지금.

그는 한 아이의 아버지가 되려 하고 있었다.

고통에 겨워하는 슬의 비명 소리도, 힘내고 호흡 조절하라는 의사와 간호사의 외침도, 모두가 아름답기만 했다.

오랜 인고의 시간이 흐르고 드디어 새로운 생명이 세상의 빛을 보게 되었다.

"응애~! 응애~!"

"보호자 분. 아기 손가락 발가락 확인하시구요. 축하합니다. 아들입니다."

"감사합니다."

"자, 여기 이렇게 잡고 탯줄 자르시면 돼요."

정우는 시키는 대로 가위로 탯줄을 잘랐다.

간호사가 비로소 아이에게 하얀 수건을 둘러준 뒤 슬에게 넘겼다.

자신의 몸에서 태어난 아이를 보는 슬의 눈에 눈물이 맺혔다.

"예쁘다… 정말 예뻐."

정우가 말없이 고개를 끄덕였다.

생명이 또 다른 생명을 잉태했다가 탄생시키는 광경은 그 자체만으로도 기적이었다.

정우의 가슴이 말도 못할 만큼 벅차올랐다.

하지만 흥분을 가라앉혔다.

반신이나 된 사람이 체면도 없이 팔짝팔짝 뛸 수는 없었다.

정우가 자신의 아이에게 검지를 내밀었다.

아이가 정우의 손을 꼭 잡았다.

그 순간, 정우의 눈에서 눈물이 흘러내렸다.

"어머… 자기, 우는 거야?"

슬이 놀라서 물었다.

그녀는 단 한 번도 정우가 우는 모습을 본 적이 없었다.

정우는 눈물을 흘리면서 입엔 미소를 그린 묘한 얼굴로 대답했다.

"응. 울어."

"처음이야. 당신 우는 거."

"그래, 처음이야."

처음.

지구로 넘어온 뒤 정우에게는 그가 겪는 모든 것이 처음이었다.

원래는 정우의 죽음으로 인해 아예 존재치도 않았던 미래였을 테니까 말이다.

하지만 그 모든 처음 중에서도 지금이 가장 감격스러웠다.

정우는 자신의 아이를 하염없이 바라보며 눈물 흘렸다.

그런 정우를 보며 슬이 빙그레 웃었다.

정우가 아이를 바라보다 나직이 한 마디를 흘렸다.

"사랑한다."

『현대 귀환 마법사』 완결

獨步行
독보행

임영기 新무협 판타지 소설

FANTASTIC ORIENTAL HEROES

그날, 심산유곡에서 수련하던
한 명의 소년이 강호로 내려왔다.

모든 이가 소년을 비웃고,
모든 무사가 그를 깔봤다.

소년은 흔들리지 않는다.
"이 천하를 독보(獨步)하리라!"

한번 시작한 걸음, 결코 멈추지 않으리라.
천하여! 무림이여!
대무영(大武英)이 간다!

ALCHEMIST

알케미스트

FUSION FANTASTIC STORY   시이람 장편 소설

2013년, 또 하나의 현대물이 깨어난다.
현대에서 펼쳐지는 연금마법진의 진수!

인간 최초의 9서클을 이룩한 마법사 아스란.
죽음의 위기에서 그가 남긴 유지가
차원을 넘어 지구에 떨어진다.

일리미트 비블리어시카(Illimite bibliotheca)!

그 무한한 힘과 지식을 얻게 된 김창준.
3년 전으로 돌아간 날을 기점으로,
삶이, 인생이, 그의 희망이 바뀐다!

**현대에 강림한 진정한 마법사의 전설!
끝도 없이 세상을 향해 날개를 펼치다!**

Book Publishing CHUNGEORAM   유행이 아닌 자유추구~
WWW.chungeoram.com

獨步行 독보행

임영기 新무협 판타지 소설

FANTASTIC ORIENTAL HEROES

그날, 심산유곡에서 수련하던
한 명의 소년이 강호로 내려왔다.

모든 이가 소년을 비웃고,
모든 무사가 그를 깔봤다.

소년은 흔들리지 않는다.

"이 천하를 독보(獨步)하리라!"

한번 시작한 걸음, 결코 멈추지 않으리라.
천하여! 무림이여!
대무영(大武英)이 간다!

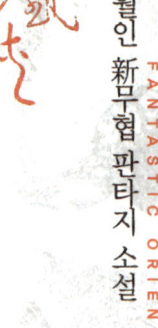

까불지마!

FUSION FANTASTIC STORY

무람 장편 소설

『태클 걸지 마!』의 무람 작가가
풀어내는 신개념 현대판타지 소설!

24살의 대한민국 청년, 강태영
타고난 병으로 인해 온몸의 근육이 힘을 잃어가는 그가 부모마저 잃었다!

"제기랄! 이 빌어먹을 몸뚱이!"

좌절하여 모든 걸 포기하려던 바로 그날.

꽈르르릉! 번쩍!
강태영을 향해 떨어진 푸른 날벼락.
그리고 그가 눈을 떴을 때
그를 기다리고 있는 것은……

**날 비참하게 만들던 세상이여
더 이상 까불지 마라!**

Book Publishing CHUNGEORAM

유행이 아닌 자유추구 -
WWW.chungeoram.com

ALCHEMIST

알케미스트

FUSION FANTASTIC STORY 시이람 장편 소설

2013년, 또 하나의 현대물이 깨어난다.
현대에서 펼쳐지는 연금마법진의 진수!

인간 최초의 9서클을 이룩한 마법사 아스란.
죽음의 위기에서 그가 남긴 유지가
차원을 넘어 지구에 떨어진다.

일리미트 비블리어시카(Illimite bibliotheca)!

그 무한한 힘과 지식을 얻게 된 김창준.
3년 전으로 돌아간 날을 기점으로,
삶이, 인생이, 그의 희망이 바뀐다!

현대에 강림한 진정한 마법사의 전설!
끝도 없이 세상을 향해 날개를 펼치다!

Book Publishing CHUNGEORAM

유행이 이닌 자유추구-
WWW.chungeoram.com